Straeon y Pentan
Daniel Owen

Daniel Owen, heb os oedd nofelydd mwyaf adnabyddus y bedwaredd ganrif ar bymtheg. Profodd ei nofelau, gan gynnwys *Rhys Lewis, Gweinidog Bethel* a *Profedigaethau Enoc Huws*, yn fwy poblogaidd na rhai unrhyw nofelydd Cymraeg cyn hynny. Codwyd cofgolofn iddo yn ei gartref, yr Wyddgrug, y dref honno yr oedd mor hoff ohoni a lle bu fyw ar hyd ei oes.

Straeon y Pentan oedd cyhoeddiad olaf yr awdur, a dyma un o'r casgliadau cyntaf o straeon byrion i gael ei gyhoeddi fel cyfrol bwrpasol yn yr iaith Gymraeg, os nad y cyntaf. Mae ystod y pedwar ar bymtheg o straeon yn eithriadol o eang ac yn dangos diddordeb yr awdur yn holl gymeriadau ei gymdeithas a'i oes.

Llun y clawr:

The Royal Mail Coach on the Road (1841)
John Frederick Herring (1795-1865)

Statws llun: Parth cyhoeddus.

ISBN:
978-1-917237-26-0

Daniel Owen

Straeon y Pentan

Llyfrgell Gymraeg Melin Bapur
Golygydd Cyffredinol: Adam Pearce

Daniel Owen (1836-1895)

Cynnwys

Rhagair

Heb os, Daniel Owen yw'r nofelydd Cymraeg sydd wedi'i drafod fwyaf ohonynt oll. Ond o ystyried faint o sylw mae nofelau Daniel Owen wedi'u derbyn gan ysgolheigion dros y degawdau, cymharol ychydig o sylw sydd wedi'i rhoi i'w ffuglen fyrrach. Cyhoeddwyd tair cyfrol yn ystod bywyd Owen yn cynnwys un neu'n rhagor o ysgrifau y gellid eu disgrifio'n "Straeon Byrion", gan gynnwys ei gyfrol gyntaf, *Offrymau Neilltuaeth* a'i olaf, *Straeon y Pentan*. Casglwyd y rhan ffuglennol o *Offrymau Neilltuaeth* ynghyd â deunyddiau eraill yn *Y Siswrn*, ac fe gyhoeddwyd hefyd ambell ddarn mewn papurau newydd wedi marwolaeth Owen na chafodd eu cyhoeddi fel cyfrol hyd yn hyn. Rydym eisiau cynnwys y gweithiau hyn oll yn y *Llyfrgell Gymraeg*; fodd bynnag gan mai *Straeon y Pentan* oedd yr unig gyfrol o ffuglen fer a luniwyd gan yr awdur fel cyfanwaith bwriadol, ein penderfyniad oedd y byddwn yn cadw undeb y gwaith hwn ar rywbeth yn agos i'w ffurf wreiddiol, a chasglu gweddill y deunydd ynghyd yn ein fersiwn ni o *Y Siswrn*.

Pethau digon cyffredin oedd straeon byrion Cymraeg ym mhapurau newydd a chylchgronau "oes aur y wasg Gymreig", ond cymharol ychydig o'r straeon cynnar hyn sydd wedi derbyn llawer o sylw beirniadol fel gweithiau llenyddol, hyd yn oed y rhai gan awduron canonaidd mawr fel Owen a T. Gwynn Jones sydd ymhlith llenorion pwysicaf yr iaith mewn meysydd eraill. Yr eithriadau amlwg yw straeon cynnar Glasynys, a enillodd cryn glod gan Saunders Lewis ac sy'n gofnod pwysig o rai o draddodiadau gwerin Cymru, a Richard Hughes Williams, "Tsiecof Cymru", yr awdur Cymraeg cyntaf efallai i wir gweld potensial y cyfrwng, ac a fu'n dylanwad cydnabyddedig ar Kate Roberts, meistres gydnabyddedig y Stori fer yn Gymraeg.

Er i Daniel Owen, fel y soniwyd, arbrofi gyda ffuglen fer ar wahanol adegau yn ystod ei yrfa, teg hwyrach fyddai dweud nad yw'r un o'i straeon byrion yn dod yn agos at ei nofelau o ran ansawdd (er y dadleuodd Saunders Lewis yn gryf o blaid *Yr Ysmygwr*, "Pennod agoriadol i hanes anysgrifenedig", sy'n ymddangos yn *Y Siswrn*). Y consensws beirniadol yw mai gweithiau digon ysgafn yw *Straeon y Pentan*. I Robert Rhys, er enghraifft, roeddynt yn adlewyrchiad o awydd yr awdur ar ddiwedd ei yrfa i "ddifyrru ei gynulleidfa awchus gyda deunydd llai angerddol ac uchelgeisiol".[*] Anodd ar y cyfan yw anghytuno â'r dadansoddiad hwn; yn wir, nid yw rhai o'r straeon yn y gyfrol—er enghraifft *Enoc Evans y Bala, Thomas Owen Tŷ'r Capel, Thomas Mathias* ac *Y Ddau Deulu*—yn "straeon byr" mewn gwirionedd, ond yn hytrach yn bortreadau neu'n anecdôtau digon arwynebol, ac yn aml iawn heb lawer o blot. Dylid cofio bod iechyd Owen yn dirywio'n gyflym erbyn hyn, a'i fod wedi cael cryn drafferth yn cwblhau ei nofel olaf, *Gwen Tomos*, sy'n dangos dirywiad ar ei hyd. Am y rhesymau hyn annoeth fyddai defnyddio *Straeon y Pentan* fel cyflwyniad i awdur rhyddiaith Cymraeg mawr y bedwaredd ganrif ar bymtheg: o wneud hynny bydd y darllenydd yn cael camargraff o wir ddawn a chryfderau'r llenor pwysig hwn.

Beirniadaeth digon damniol yw hyn oll, mi wn, ond os felly, yna mae hynny dim ond oherwydd mor faith yw'r cysgod a deflir gan weithiau mawr Daniel Owen. Er gwaetha'r ffaith mae troednodyn yn unig yw *Straeon y Pentan* yng ngyrfa'r awdur, mae digon o ddifyrrwch i'w

---

[*] Rhys, Robert (2000), Daniel Owen, Gwasg Prifysgol Caerdydd. tt.173.

gael yn y gyfrol fach hon o'i mwynhau ar ei thermau ei hun. Mae'r straeon gorau yn ddifyr ac yn dangos hiwmor cynhenid yr awdur; a hefyd yn cynnig cipolwg diddorol ar Gymru yn y bedwaredd ganrif ar bymtheg, ac agweddau ei thrigolion. Maen nhw hefyd yn ddarllenadwy iawn, eu harddull yn nodweddiadol o'r awdur: syml a phlaen heb fod yn gyntefig neu'n anghelfydd. Os nad yw *Straeon y Pentan* yn ychwanegu rhyw lawer at fawredd eu hawdur, yna'n serch hynny gwelwn yr awdur yn ymestyn ei *repertoire* o ran y deunyddiau a ddefnyddiodd yn ei ffuglen. Mae blas chwedlau gwerin ar lawer ohonynt. Yn *Doli'r Hafod Lom* a'r straeon am gŵn cawn ychydig o ysbryd rhamantus a melodramatig y cyfnod, ac ychydig eto o'r ail o'r rhain yn *Y Gweinidog*. Yn *William y Bugail* ac *Ysbryd y Crown*, cawn ddwy enghraifft gynnar o straeon arswyd yn yr iaith Gymraeg: pwynt o ddiddordeb i'r sawl sy'n astudio llên arswyd yw'r ffaith bod un o'r rhain yn cynnig esboniad bydol i'r "ysbryd", ond nid yw'r llall.

Roedd gwneud rhyw les i'r darllenydd wrth gwrs yn obsesiwn gyda nofelwyr y bedwaredd ganrif ar bymtheg, a cheir ymgais yn rhai o'r straeon i roddi rhyw foeswers fuddiol. Dylanwad y bregeth, efallai? Pregethau oedd camau cyntaf Daniel Owen i Ryddiaith, cofier, gyda *Cymeriadau Biblaidd*. Mae'r straeon moeswersol hyn yn llwyddo rhywfaint yn well pan maent hefyd yn straeon digrif, fel yn achos *Nid Wrth ei Big mae Prynu Cyffylog* ac *Edward Cwm Tydi*. Y straeon digrif hyn—gellid ychwanegu *Het Jac Jones*—yw'r goreuon yn y gyfrol mewn gwirionedd: ynddynt cawn gip o hen sbarc Daniel Owen y nofelydd, gyda hiwmor a dychan yn fodd i ddarparu sylwebaeth ar y natur ddynol. Yn y moeswersi mwy sych, pregethwrol fel *Tubal Cain Adams* ac *Y Ddau Deulu*, mae'r elfen o hiwmor ar goll, y neges yn anghynnil ac yn wanach o'r herwydd.

Anodd yw dweud pa mor llythrennol y dylid cymryd protestiadau mynych Owen mai "gwir bob gair" yw'r straeon hyn. Roedd honiadau o'r fath yn rhan gyson o strategaeth farchnata'r awdur, fel yr oeddynt i lawer o storïwyr y bedwaredd ganrif ar bymtheg. Cymharer, er enghraifft, yr honiadau a wnaeth yr awdur ynglŷn â "gwiredd" y straeon yn rhagarweiniadau *Rhys Lewis* ac *Enoc Huws*. Serch hynny, mae sawl rheswm dros gredu bod rhagor o wirionedd yn yr honiad na'r arfer yn achos *Straeon y Pentan*. Mae rhai manylion yn y straeon sy'n ffeithiau hanesyddol y mae modd eu gwirio: Angel Jones, a grybwyllir yn *Enoc Evans, y Bala* oedd y teiliwr y prentisiwyd Daniel Owen iddo er enghraifft, ac mae'r dylanwad mawr arall ar fywyd Owen, Roger Edwards, golygydd y *Drysorfa*, yn gwneud *cameo* yn *Y Daleb*. Pobl go iawn y mae tystiolaeth hanesyddol amdanynt oedd rhai eraill o gymeriadau'r straeon, fel y paffwyr yn *Nid wrth ei Big y mae Prynu Cyffylog*, ac o leiaf rhai o'r pregethwyr fel Enoc Evans ac eraill. Does wybod faint o'r cymeriadau eraill sy'n ymddangos sy'n bortreadau o bobl go iawn yr adnabu Owen, hyd yn oed os newidiwyd eu henwau. Arwyddocaol hefyd efallai yw'r ffaith mai yn y gyfrol hon y sonnir yn rheolaidd am drefi a phentrefi go-iawn; cymharer hynny â'r nofelau, y mae eu daearyddiaeth bron yn gyfan gwbl ensyniedig. Mae naws chwedlau gwerin i lawer o'r straeon, a gwyddwn fod Owen yn hoff o gasglu straeon mewn tafarndai, ac y byddai'n mynd â'i lyfr nodiadau gydag ef at y diben hwn.[*] Tybed ai straeon a gasglodd yn y dull hwn felly yw *Straeon y Pentan*, neu rai ohonynt o leiaf? Hawdd yw credu hynny. Hwyrach mai yn eraill fel *Y Daleb* ac *Y Gweinidog* mae'r awdur yn adrodd gwir hanesion a 'glywodd am scandalau yn y capeli

---

[*] Rhys, Robert (2000), *Daniel Owen*, Gwasg Prifysgol Caerdydd. tt.189-92.

ymneilltuol? Mae'n bur debyg felly bod *Straeon y Pentan* yn straeon "wir" mewn ystyr gwahanol i ffuglen flaenorol yr awdur, hyd yn oed os mai ffuglen greadigol ydynt o hyd, ond hwyrach na chawn wybod â sicrwydd.

Wrth baratoi'r gyfrol hon—y cyntaf o'r casgliad cyflawn yn Gymraeg ers 1962—ar gyfer darllenwyr yr unfed ganrif ar hugain, rydym ni wedi diweddaru'r orgraff a'r sillafu, ond gadael yr eirfa a'r gystrawen fel yn y gwreiddiol er mwyn peidio tarfu ar arddull wreiddiol yr awdur. Gadawyd ambell sillafiad fel "stryt" (stryd) sydd yn dafodieithol yn hytrach nac yn orgraffyddol.

Adam Pearce, Golygydd 2024

Clawr gwreiddiol argraffiad 1895

At y Darllenydd

Mae amryw o'r straeon hyn wedi ymddangos eisoes mewn gwahanol gylchgronau, a'r lleill yn ymddangos yn awr am y tro cyntaf. Oherwydd fy mod wedi cyhoeddi amryw nofelau, hwyrach y dylwn ddweud mai straeon gwir ydyw y rhai hyn. Gosodais yr hanesion yn ngenau F'ewyrth Edward, er mwyn ysgafnhau yr arddull a'u gwneud yn fwy darllenadwy i bawb. Mi a wn yn burion fod y stori am Twm Cynah yn cael ei hadrodd am Bendigo, Tom Spring ac eraill. Am a wn i, y mae gan Twm Cynah gystal hawl iddi â neb arall. Mi gredaf y caiff y llyfr y derbyniad a haedda—beth bynnag fydd hynny. Nid llawer o lyfrau cyffelyb i *Straeon y Pentan* sydd yn Gymraeg, o leiaf, ni wn i ond am ychydig, ac os bydd ei ymddangosiad yn gymhelliad i rywrai eraill i wneud casgliad gwell o straeon sydd yn berffaith wir, bydd un amcan da wedi ei gyrhaeddyd. Hwyrach y bydd ambell frawd go solet yn tynnu cuchiau uwchben rhai o'r tudalennau, ac yn sibrwd "gwirion hen,"; er hynny, hyderaf fod i bob un o'r straeon ei hergyd, ac nad oes dim yn un ohonynt i iselu tôn moesoldeb y darllenydd.

DANIEL OWEN.

YR WYDDGRUG

Mai, 1895.

Doli yr Hafod Lom

Wel, ebe F'ewyrth Edward, yr wyt ti erbyn hyn yn ddigon hen i mi sôn wrthot ti am ryw bethau na fuaswn i ddim yn meddwl am sôn am danynt ryw dair neu bedair blynedd yn ôl. Yr wyf yn dallt dy fod dithau yn dechrau cerdded y llwybr a gerddais innau, ac a gerddodd agos i bawb o'r hil ddynol, oddieithr ambell hen lanc a anwyd yn hen lanc. Mae'n debyg (ac edrychodd F'ewyrth arnaf gyda chil ei lygad, a gwridais innau at fôn fy ngwallt) dy fod yn credu yn dy galon na fu neb erioed yn debyg i Mary Jones, y Pant, ac y bydd yn amhosibl i ti byth fedru caru neb arall. Pwy ond Mary, meddi di, fedrai wneud i ti fethu cysgu a methu bwyta? pwy ond y hi fuasai yn peri i ti fod yn barod i aberthu popeth er ei mwyn? a pheri i ti ddymuno fod y peth yma a'r peth arall, ac, yn wir, wneud i ti feddwl y gallet ti farw drosti? Paid â siomi dy hun. Hwyrach yr aiff y clefyd drosodd yn y man, ac daw o atat ti eto ymhen yr rhawg ynglŷn â rhywun arall, ac na feddyli di y pryd hwnnw fwy am Mary Jones, y Pant, nag am Malen, y forwyn yma. Mi wranta dy fod yn meddwl mai dy fodryb Beti oedd yr unig gariad a fu gen i? Dim peryg! Y hi oedd yr olaf, a'r orau, mi gredaf.

Ond am Doli, yr Hafod Lom, yr oeddwn yn mynd i sôn. Wn i ddim yn y byd mawr sut y cafodd y ffarm yr enw Hafod Lom, achos yr oedd hi yn llai llom na'r rhan fwyaf o ffermydd yn y gymdogaeth. Yr oedd y tŷ ar dipyn o godiad tir, ac yn wynebu haul y bore, ac yr oedd gardd fawr o flaen ei ffrynt. Tu ôl i'r tŷ yr oedd buarth mawr, ac ar y naill ochr iddo yr oedd y stablau, a'r tai allan. Yn un pen i'r buarth yr oedd llyn mawr dwfn, a dŵr glân gloyw yn rhedeg yn feunyddiol iddo yn un pen, a fflodiart yn y pen arall lle y gellid gollwng y dŵr allan, neu ei storio fel y byddai yr angen. Amlwg ydoedd ar y clawdd cadarn oedd o'i gwmpas fod rhywun yn yr hen amser wedi cymryd trafferth fawr i wneud y llyn, ac yr oedd yn gaffaeliad mawr i'r tŷ, achos un o'r pethau mwyaf manteisiol ynglŷn â ffarm, lle mae llawer o bennau, ydyw digonedd o ddŵr pur. Tu ôl i'r stablau yr oedd yr ydlan, a thu ôl i honno yr oedd llwyn o goed. Gellid mynd i'r tŷ ddwy ffordd, sef ar hyd y llwybr oedd yn mynd o'r tyrpeg i'r drws, ac hefyd ar hyd llwybr oedd yn mynd drwy y llwyn coed, ac heibio ochr bellaf y llyn a thros y fflodiart. Anaml y cerddai neb y llwybr hwn yn y nos, am nad oedd yn ddi-berygl syrthio i'r llyn, ac yr oedd y dŵr yn ddwfn iawn, fel y dwedais, yr ochr honno iddo. Yr oedd y tŷ yn fawr a hen ffasiwn, a'r ystafelloedd yn helaeth, ac yn llawn mwy cysurus na'r cyffredin yn y dyddiau hynny. Wel, y mae gennyt ddrychfeddwl go lew rŵan, pa fath le oedd yr Hafod Lom.

Gair neu ddau, yrŵan, fel y dywed y pregethwyr, am y tenant, sef Richard Hughes, fel yr wyf fi yn ei gofio pan oeddwn yn llanc. Dyn main tal oedd Richard, bob amser yn gwisgo côt a gwasgod lwyd, a chlôs a gêtars o gesimïar golau. Main oedd Richard o'r top i'r gwaelod. Yr oedd ei goesau yn fain, ac oherwydd nad oeddynt yn neilltuol o sythion, a'r clôs â'r gêtars yn ffitio yn dynn, yr oedd cryn olau rhyngddynt, ac yn gwneud i un feddwl, wrth edrych arnynt, nad gorchwyl hawdd a fuasai i'w perchennog ddal porchell neu lwdn mewn adwy. Yr oedd ei wyneb drwyddo yn fain—ei drwyn yn fain, ei ên yn hirfain, ac oherwydd ei fod wedi colli ei ddannedd, ac yn shafio ei wyneb yn lân oddigerth rhyw fodfedd wrth dop ei glustiau, yr oedd ei safn yn pantio yn o sownd, a'i ên a'i drwyn yn mynd yn agosach cymdogion bob blwyddyn. Ond yr oedd un peth llydan yn perthyn i Richard, sef ei het, yr hon a fyddai bob amser â choryn isel a chantel mawr iddi, ac yn ymddangos yn rhy helaeth iddo o lawer, ac yn pwyso mor dost ar ei glustiau nes troi hem arnynt. Yr oedd Richard yn cael y gair ei fod yn gyfoethog iawn. Ddymunwn i ddim dweud ei fod yn gybydd, ond yr wyf yn ddigon siŵr ei fod yn hoff o arian, mor hoff fel yr oedd yn amhosibl ei berswadio ond yn anfynych i ymadael â dim ohonynt. Wedi i mi ddweud fod Richard Hughes yn flaenor Methodus, a fod ganddo dipyn o wich yn ei lais, mi fydd gennyt *idea* go lew eto am denant yr Hafod Lom.

Dynes landeg, siriol a charedig, oedd gwraig yr Hafod, sef Dinah Hughes, ond anfynych y byddai yn cael cyfleustra i ddangos ei charedigrwydd ond yn absenoldeb Richard. A byddai y tlodion yn gwybod hynny yn dda, ac yn gwylio yr hen ŵr yn mynd i'r farchnad neu i'r capel, cyn meddwl am fynd i'r Hafod. Yr oedd gwraig yr Hafod gryn lawer ieuengach na'i gŵr, ac yn cadw ei hoed yn well. Doli oedd eu hunig epil, ac yr oedd yn un o'r genethod harddaf a challaf a fu erioed ar ledr. Yr oedd yn dal a lluniaidd, ac yr oedd ganddi wyneb fel pictiwr. Er hynny, yr oedd yn hynod ddifalch, ac yn agos iawn at bawb, fel y dwedir. Ni fyddai fawr wahaniaeth yn ei gwisg a gwisgoedd merched eraill is o lawer eu sefyllfa na hi. Ond dwedai rhai mai ei thad oedd yn gwrthod dillad crand iddi, ac hwyrach fod gwir yn hynny. Mi glywais ei mam yn dweud un tro y byddai Doli pan yn cael dilledyn newydd yn gorfod ei gadw yn hir cyn ei wisgo; ac yna os llygadai ei thad y dilledyn pan wisgai Doli ef y tro cyntaf, a dechrau tuchan am y gwastraff, dwedai'r fam, "Be haru chi, Richard? ond ydi hwn ene gan yr eneth ers gwn i pryd; lle buoch chi tan rŵan heb ei weld?" Yna prynai Dinah Hughes ddilledyn newydd arall i Doli cyffelyb, pan y gwyddai fod Richard wedi colli ymddiried yn ei lygaid. Prun bynnag, pa beth bynnag a wisgai Doli'r Hafod, yr oedd hi yn moedro pennau y rhan fwyaf o lanciau y gymdogaeth; ac yr oedd ambell un, mi gredaf, wedi arall eirio ddwy linell olaf yn yr hen bennill

adnabyddus, ac yn eu mwmian rhwng cyrn yr arad, ac
ymhobman:

> Mi af oddi yma i'r Hafod Lom,
> Er fod hi'n drom o siwrne;
> O na chawn yno ganu cainc,
> Ac eistedd ar fainc y simdde!

Y gwir ydoedd, fod amryw ohonom wedi hanner
dyrysu am Doli, ac nid oedd y ffaith fod ei thad yn
gyfoethog, ac mai Doli oedd ei unig epil, yn lleihau dim ar
ein clefyd. Frank Price, yr Hendre Fawr, Dafydd Edwards,
y saer, a minnau oedd yr unig rai a gâi fymryn o
gefnogaeth gan Doli. Ystyrid teulu yr Hendre yn bobl
barchus a lled gefnog, ac yr oeddynt yn Eglwyswyr selog;
ac yr oedd Frank yn fachgen digon smart, ond ei fod dipyn
yn wyllt a digrefydd Ond mi welais i yn fuan mai Dafydd
Edwards, y saer, oedd ffefryn Doli, a mi rois fy nghardiau
yn tô, ac yn fwy boddlon am mai Dafydd oedd y dyn, ac
nid Frank. Yr oedd Dafydd yn aelod eglwysig, ac yn
fachgen crefyddol a da, ac yn hynod olygus. Ond dyna
oedd yn rhyfedd, er fod Richard Hughes yn flaenor, mab
yr Hendre oedd ei ffefryn ef. Rhoddai bob croeso i Frank
pan ddeuai i'r Hafod; ond ni feiddiai Dafydd, druan,
ddangos ei wyneb yno. Beiai pobl y capel yr hen Richard
yn fawr am ei fod yn croesawu bachgen digrefydd i geisio
am law ei ferch, a dwedent mai ei gariad at arian oedd
rheswm am hynny, ac eto credai pawb, yr wyf yn meddwl,
fod gwreiddyn y mater gan Richard Hughes, y blaenor.
Ond ni allasai holl gyfoeth y byd dynnu serch Doli oddi
ar Dafydd Edwards, a safai yr eneth yn uwch yn syniad y
gymdogaeth o'r herwydd. Yr oedd yr ystori hyd yr ardal;
ac yr oedd yn ddigon gwir, mi gredaf, fod Doli yn cael byd
garw efo'i thad, am ei bod yn caru Dafydd, y saer, ac yn
gwrthod gwneud dim â mab yr Hendre Fawr.

Pa fodd bynnag—a dyma ydi'r stori-un noson yr oedd yr hen Richard wedi mynd i'r capel, a Dafydd, yn gwybod hynny, wedi mynd i gyfarfod Doli at bennor y llwybr oedd yn mynd drwy y llwyn coed y soniais amdano. Pan fyddai Doli yn mynd i gyfarfod Dafydd, byddai bob amser yn cymryd Twm, rhyw gi bach chwerw, i'w chanlyn, yr hwn os clywai y mymryn lleiaf o drwst a ddechreuai chwyrnu, ac yna byddai Dafydd a Doli yn gallu ymwahanu cyn i neb eu gweld. Ond y noson honno yr oedd y ddau wedi ymgolli gymaint yn yr ymgom, neu ynte yr oedd y ci yn adnabod sŵn y troed oedd yn dyfod i lawr y ffordd, fel na ddarfu iddynt sylwi fod neb yn agosáu nes oedd yr hen Richard yn eu hymyl. Yr oedd yn noswaith lled dywyll, ond cyn gynted ag y deallodd Doli mai ei thad oedd yno, rhedodd drwy y coed, ac ebe'r hen ŵr—

"Dafydd, wyt ti yma eto? Sawl gwaith yr ydw i wedi dweud wrthot ti am beidio dod ar ôl yr eneth yma? Waeth i ti un gair na chant, chei di byth moni tra bydd fy llygaid i'n agored."

Y foment honno clywodd y ddau ysgrech dorcalonnus ac fe ddarfu i'r ddau adnabod y llais. Rhuthrodd Dafydd ar hyd y llwybr tua'r llyn, a'r hen ŵr yn ei ddilyn orau y gallai. Yr oedd y noson yn dywyll, fel y dywedais, ond tybiodd Dafydd, er ei fod yn gynhyrfus, ac ymron allan o'i bwyll fod rhywun wedi croesi y llwybr cyn iddo gyrraedd y llyn. Yr oedd Dafydd yn nofiwr di-ail, ac fel dyn gwallgof, neidiodd i'r llyn, ac ymbalfalai yn y tywyllwch am Doli, ond i ddim pwrpas am funud neu ddau. Yr oedd yr ysgrech wedi cyrraedd yr ystablau lle yr oedd y llanciau yn porthi yr anifeiliaid, ac mewn ychydig funudau yr oedd y gweision oll gyda'u lanterni ar ymyl y llyn, ac fel y dwedodd un o'r llanciau wrthyf wedyn—pan daflodd y lanterni eu golau ar y llyn, y peth cyntaf a welodd oedd Dafydd wedi cael gafael yn Doli ac yn dal ei phen uwchlaw'r dŵr, a chlywodd ei geiriau olaf:

Doli'r Hafod Lom

"O Dafydd bach, yr ydw i'n boddi." Dygwyd Doli i'r lan a chariwyd hi i'r tŷ. Nid oedd wedi marw, ond oherwydd anwybodaeth pobl sut i drin rhai yn y cyflwr hwnnw, bu Doli druan farw ymhen ychydig funudau. Pan oedd yn marw yr oedd yn sefyll uwch ei phen ei thad a'i mam, Dafydd, y saer, a mab yr Hendre fawr. Pa fodd y daeth Frank yno ar y fath adeg ni wybu neb byth, ac nid wyf finnau yn dewis dweud fy opiniwn. Achosodd yr amgylchiad lawer o boen a siarad yn y gymdogaeth. Yr oeddwn ers tro byd yn ymwelydd mynych â'r Hafod Lom, ac yn bur ffryndiol â Doli ac â'i thad â'i mam.

Euthum yno drannoeth ar ôl y ddamwain, ac ni welais yn fy mywyd y fath ofid a thorcalon. Cyn i mi ymadael ebe'r hen ŵr, Richard Hughes, wrthyf—

"Edward, wnei di ofyn i Dafydd, y saer, ddod i'r claddu?"

Synnais ei glywed yn dweud hynny wrth gofio am ei elyniaeth at Dafydd, a da oedd gennyf gario y genadwri.

Yr oedd yr holl ardal ymron wedi dyfod i gladdu Doli, ac yn ôl yr arferiad y pryd hwnnw ar gladdedigaeth, yr oedd yn yr Hafod gryn fwyta ac yfed. Drwy fy mod yn dipyn o ffafryn yn yr Hafod yr oeddwn yno yn un o'r rhai cyntaf ddiwrnod y claddu. Ychydig cyn yr amser yr oedd yn rhaid "codi'r corff," a chychwyn tua'r fynwent, yr oeddwn gyda Richard a Dinah Hughes mewn ystafell ar ein pennau ein hunain cheisiwn eu cysuro orau y gallwn, ond yr oedd eu galar, fel y gallet ti feddwl, yn arteithiol. Edrychodd Richard drwy y ffenestr i'r buarth ar y dyrfa fawr oedd wedi dyfod i gladdu Doli, ac ebe fe wrthyf—

"Ai nid Dafydd ydi hwn acw sydd ar ei ben ei hun ymhen draw y buarth?" Dwedais innau mae ie.

"Gofyn iddo ddod yma," ebe fe.

Euthum ar unwaith a dygais ef i mewn. Nid anghofiaf yr olygfa byth. Pan ddaeth Dafydd i mewn torrodd yr hen ŵr i lawr yn lân, ac ni fedrodd ddweud gair am yr rhawg.

Wedi i'r gafod fynd drosodd, ebe fe,—ac y mae ei eiriau yn swnio yn fy nghlustiau y funud hon—

"Dafydd, O! Dafydd, mae Duw wedi fy nharo—wedi fy nharo rhag fy namio i! Y ti oedd pia Doli—ie, y ti oedd ei phia hi, ac wrth dreio dy robio di ohoni mi collais hi am byth! Dafydd,"—a gosododd yr hen ŵr ei ben ar ysgwydd lydan Dafydd—"'y mai i i gyd oedd o, a mae Duw wedi fy nharo!" ac wylodd yn hidl.

"Dafydd," ychwanegodd," gaf i bwyso ar dy fraich di ar y ffordd i'r fynwent?" Dwedodd Dafydd y cwbl drwy wasgu llaw yr hen ŵr gofidus, a synnodd pawb weld Richard Hughes yn cerdded yn mraich Dafydd, y saer, tua'r fynwent.

Bu llawer o siarad ac awgrymu dan eu dannedd ymhlith y cymdogion ar ôl hyn. Pa un ai yn ddamweiniol ai fel arall y cyfarfyddodd Doli â'i diwedd, ni wybu neb byth. Yn fuan ar ôl hyn ymunodd mab yr Hendre Fawr â'r fyddin, a lladdwyd ef yn India'r Dwyrain. Ni bu Richard Hughes byth yr un dyn. Fu o ddim byw yn hir ar ôl hyn; ond tra y bu o byw, doedd dim arwydd arno ei fod yn caru arian, a mi ddiweddodd ei oes yn un o'r dynion mwyaf cymwynasgar a llaw agored yn y wlad. Yr oedd pobl yn dweud fod Richard Hughes, yr Hafod Lom, wedi gadael yn ei ewyllys olaf swm go dda o arian i Dafydd, y saer, ond wn i ddim oedd hynny yn wir. Ond mi wn hyn, na ddaru Dafydd byth garu neb arall ar ôl colli Doli—mi fu farw yn hen lanc ac yn dda arno, ebe F'ewyrth Edward.

Nid wrth ei Big mae Prynu Cyffylog

Paid byth â chymryd pobl wrth eu golwg, neu yr wyt yn lled debyg o gael dy siomi weithiau. Mae yna hen air Cymraeg,–"Nid wrth ei big y mae prynu cyffylog." Yr wyf yn cofio pan oeddwn yn las-hogyn yn byw efo 'nhad a mam yn Cefnmeiriadog, fod Wil Williams, mab y ffarm nesaf atom, a minnau yn gyfeillion mawr; ac oherwydd fod ein rhieni mewn gwell amgylchiadau na rhai o'r ffermwyr tlodion oedd o'n cwmpas, ein bod yn meddwl tipyn ohonom ein hunain. Mi glywi rywrai yn dweud nad ydyw yr oes yn gwella dim. Lol i gyd; mae hi wedi gwella llawer. Prin y gwelid y pryd hwnnw fachgen i ffermwr yn darllen llyfr da, os na fyddai ei fryd ar fynd yn bregethwr. Ein prif ddifyrrwch yr adeg honno, fel y mae gwaethaf adrodd, oedd chwaraeon ffôl, megis rhedeg, neidio, *prison bars*, ymladdfeydd, ac ymladd ceiliogod. Er nad oedd neb ohonom yn darllen papur newydd, yr oeddem yn dyfod i wybod rywfodd am yr ymladdfeydd yn Lloegr a Chymru, ac mewn hanes yr oeddem mor gydnabyddus â Bendigo Caunt, Tipton Shlasser, Tom Sping, Welsh Jim, a Tom Cynah, ag ydyw bechgyn yr oes hon ag enwau Owen Thomas, John Thomas, a phregethwyr mawr eraill.

Un gwylmabsant yr oedd miri mawr i fod yn Ninbech, ac yr oedd Wil Williams a minnau ers wythnosau yn cynilo ein ceiniogau i fynd yno. Yr wyf yn cofio ein bod ein dau wedi cael dillad newydd, côt a gwasgod felfet, a chlos rhesog, ac hefyd *watch* â chadwyn *steel* â sêl a chragen wrthi, a'n bod yn meddwl ein hunain yn gryn foneddigion. Dychmygem fod dagrau yn rhedeg, nid yn unig o lygaid, ond hefyd o ddannedd ein cyfoedion llai ffortunus. Y pryd hwnnw yr oedd *coach* fawr yn rhedeg drwy Lanelwy i

Ddinbech, ac oddi yno i'r Wyddgrug, ac oddi yno i Gaer. Bore y gwylmabsant yr oedd Wil Williams a minnau, yn ddigon gorchestol mi goeliaf, ers amser yn Llanelwy yn disgwyl am y *goach* fawr, ac yn edrych ar ein *watches* bob rhyw dri munud, er mwyn i bawb ddeall fod gennym y fath declyn gwerthfawr. Pan ddaeth y cerbyd i mewn, er mwyn dangos pa mor foneddig oeddem, cymerasom ein heisteddle ar y bocs, wrth ochr y *driver*, er y gwyddem y byddai raid i ni dipio y gyrrwr am y fraint. Yr oedd dyn ar y bocs o'n blaen—gŵr oddeutu pymtheg ar hugain oed—llwm a gostyngedig yr olwg. Gwisgai gôt lwyd, a chanfyddem fod y gôt a'i pherchennog yn gydnabyddus â'i gilydd ers llawer blwyddyn. Yn ddigon hyfion, gofynasom i ŵr y gôt lwyd newid ei eisteddle er mwyn i ni gael eistedd yn nes at y *driver*, a symudodd yntau yn ufudd heb rwgnach gair. Hen fraddug cydnerth, corffol, oedd y *driver*, a'i drwyn mor goch nes y tybiem ei fod yn taflu ei wawr ar bopeth yr elem heibio iddynt. Gwyddem fod y gyrrwr yn gryn ymladdwr, a dyna pam yr oeddem mor awyddus am gael eistedd yn nesaf ato—er mwyn i ni gael clywed am ei orchestion ef ei hun, ac eraill yn yr un *line*, yn yr hyn ni chawsom ein siomi. Wrth gwrs, ei orchestion ei hun a gawsom ganddo yn gyntaf, ac yr oeddem ninnau â'n geneuau yn agored wrth glywed am ei fuddugoliaethau. Yn y dyddiau hynny yr oedd cryn sôn am Welsh Jim ymhlith y *light weights*, a Thwm Cynah ymhlith yr *heavy weights*, y ddau o'r Wyddgrug, fel y gwyddost. Cymro glân oedd Twm, er mae Cynah oedd ei enw.

"Y gwir amdano," ebe y gyrrwr, "y mae gormod o lawer yn cael ei wneud o Twm Cynah. Mi faswn yn leicio ei gael i sefyll o mlaen i am ryw ddau funud, er na weles i 'rioed mo'r dyn. Mi faswn yn dangos iddo fod yna Gymro arall yn y byd."

Synai Wil a minnau at wroldeb a gallu y gyrrwr. Ni ddywedai y gŵr a'r gôt lwyd air o'i ben, ond tybiais weld

Twm Cynah

gwên yn llithro dros ei wyneb pan ganmolai y gyrrwr ei
hun, yr hyn a'm cythruddodd nid ychydig. Wedi i ni flino
sôn am ymladdwyr, fel hogiau drwg a disynnwyr,
dechreuasom wneud gwawd o bawb yr elem heibio iddynt

ar hyd y ffordd, ac ni arbedwyd gŵr y gôt lwyd gennym. Yn wir cymerasom hyfdra mawr arno, ond dioddefai bopeth yn dawel a digyffro, yr hyn a barodd i Wil a minnau ei flino yn fwy. O'r diwedd cyrhaeddodd y goach fawr fuarth y *Crown*, Dinbech, lle yr oeddynt yn newid y ceffylau a'r gyrrwr hefyd. Wedi i ni ddisgyn o ben y goach, safai y gyrrwr yn ein hymyl, gan ddisgwyl cael ei dipio, ac er mwyn actio'r gŵr bonheddig rhoddais swllt iddo, ac felly gwnaeth Wil. Yna gwelem ŵr y gôt lwyd yn ffymblo ei logellau yn hir, ac yn y man estynnodd i'r gyrrwr ddwy geiniog. Gwelaf wyneb y gyrrwr yn glasgochi, a dechreuodd dafodi gŵr y gôt lwyd yn enbyd.

"Pa fusnes oedd gan ryw garp fel chi ddod ar y bocs," ebe fe; "lle i foneddigion ydi'r bocs, ac oni bai y bydde'n ffiaidd gen i daro swp o esgyrn fel chi, mi rown i chi gurfa y cofiech amdani. "

"Mi 'naech?" ebe'r gŵr llonydd; ac erbyn hyn yr oedd amryw wedi hel o'n cwmpas. "Mi 'naech?" ebe fe; "be bydae chi'n treio?" a thaflodd y gôt lwyd oddi amdano.

Yr oedd y gyrrwr yn anterth ei ddedwyddwch am gael cyfleusdra i roi curfa i ŵr y ddwy geiniog. Ond druan ohono! Trawodd y gŵr llonydd ef nes oedd yn chwyrnellu, ac na wyddai pa ben iddo oedd uchaf. Ond daeth ymlaen drachefn, i fynd drwy yr un oruchwyliaeth yn gymwys, ac erbyn hyn nid oedd y gyrrwr yn awyddus i godi oddi ar lawr. Ac ebe gŵr y gôt lwyd:

"Os bydd ar y brolgi yna eisiau gwybod rhywbeth ymhellach amdanaf, fy enw yw Twm Cynah; yr wyf yn byw yn Maesydref, Wyddgrug," a cherddodd yn hamddenol i'r *Crown*.

Yr oedd Wil a minnau erbyn hyn wedi dychrynu yn fawr, ond gwnaethom, yr wyf yn meddwl, y peth gorau allasem ei wneud dan yr amgylchiadau—euthum ar ei ôl i'r tŷ i erfyn ei bardwn, ac i gynnig talu am hynny a ddymunai o ddiod. Ond ebe Twm Cynah, a dyma ydyw y wers:

"Dydw i ddim yn yfed, diolch i chi, fechgyn, a chymerwch air o gyngor gen i. Pan ewch oddi cartre y tro nesaf, gofalwch am gymryd rhywun i edrych ar eich holau. Yr wyf yn maddeu i chwi eich camymddygiad, am fy mod yn gwybod mai diffyg synnwyr oedd yr achos ohono. Cymerwch ofal na fyddant yn eich cau i fyny yn y tŷ mawr yna sydd yn ymyl. Ond hwyrach fod gynoch chi ddigon o synnwyr i gofio hyn—peidiwch byth â chymryd pobol wrth eu golwg, a pheidiwch byth â gwawdio pobol hyd y ffordd, yn enwedig merched a hen bobol ddiniwed. Pan oeddech yn gwawdio yr hen ŵr hwnnw cyn cyrraedd y dre, fûm i 'rioed dan y fath demtasiwn ag i'ch taflu chi'ch dau a'r *driver* hefyd dros y gwrych, yr hyn a fedraswn yn hawdd. Peth arall, pan glywch chi rywun yn canmol ei hun yr un fath â'r *driver* yna, penderfynwch mae lob ydyw." Anghofiais i byth gyngor Twm Cynah, a mi fu yn wers i mi am fy oes, ebe F'ewyrth Edward.

Y Ddau Fonner

Dau hen begor rhyfedd oedd William a Richard Bonner, ebe F'ewyrth Edward. Mae gennyf gof gweddol am y ddau, ond nid digon da i roi disgrifiad ohonynt. Brodorion oedd y ddau o Wernymynydd, ger yr Wyddgrug. Yr oedd William yn bregethwr, a Richard yn weinidog, nid anenwog, gyda'r Wesleyaid. Cydnabyddid Richard Bonner yn ddyn witi neilltuol, ac nid oedd William ei frawd yn ddiffygiol o'r ddawn honno. Hanner can' mlynedd yn ôl, yr oedd yn ffaith adnabyddus mai William Bonner a'r "Hen Wadan" oedd y ddau ddyn cryfaf yn y plwy os nad yn y sir. Cariodd yr "Hen Wadan" ddeg troedfedd (*cubic*) o dderw solet ar ei ysgwydd, a chariodd William Bonner hanner tunnell o blwm Maeshafn (a gŵyr pawb fod plwm Maeshafn yn drymach na phlymiau eraill), mewn sach ar ei gefn, a barnwyd y ddau Samson yn Eisteddfod Genedlaethol Gwernymynydd yn gyfartal, a rhannwyd y wobr. Yr oedd William Bonner, fel ei frawd Richard, yn bregethwr hynod o dderbyniol gyda'r brodyr y Wesleyaid, ac yn wir gyda phawb eraill. Mi wyddost o'r gorau mai ychydig iawn a dderbyniai pregethwyr cynorthwyol y pryd hwnnw am eu gwasanaeth, ac y mae arnaf ofn na dderbyniant gymaint ag a haeddant yn ein dyddiau ni. Ond tybiai rhywrai yr adeg honno fel y mae llawer yn meddwl yn awr, fod pregethu yn talu yn gampus, a fod pobl y cadach gwŷn yn gwneud eu ffortun.

"Faint wyt ti'n gael am y pregethu 'ma Wil?" ebe Shon, Pant Glas, wrth William Bonner un tro, ac ebe William,

"Wel, yr ydw i'n disgwyl y goron, wyddost, Shon."

"Diar annwyl!" ebe Shon, "coron y bore, coron y prynhawn, a choron y nos, dene bymtheg swllt? Pwy na fyddai'n bregethwr!"

Ni ddarfu i William fynd i'r drafferth i egluro i Shon mae y goron ysbrydol a olygai. Yr oedd William Bonner yn un o'r rhai cyntaf i gymryd yr ardystiad dirwestol tua'r flwyddyn 1834 neu '35, a mawr oedd ei sêl, fel ei frawd Richard. Un tro yr oedd i draddodi darlith ar ddirwest yn Ngwernymynydd, a Thomas Owen, Tŷ'r Capel, y Wyddgrug, i fod yn gadeirydd iddo. Dyn od ryfeddol oedd y Thomas Owen yma, a mi fydd gen i stori i'w dweud i ti amdano ryw noswaith pan gofia i. Pregethwr Methodus oedd o, a mab i Richard Owen, y Bala. Ond yr oedd Thomas Owen, er ei fod yn bregethwr ac yn ddyn duwiol iawn, fel pobl yn gyffredin y dyddiau hynny, braidd yn hoff o'i hanner peint, cyn i'r symudiad dirwestol gymryd lle, ac er fod Thomas yn mhlith y rhai cyntaf i ardystio, credai rhywrai ei fod yn cymryd dropyn ar y slei. Clywsai William Bonner y sibrwd am ei gyfaill, ac wrth ddechrau ei ddarlith ar ddirwest, wedi i'r cadeirydd, sef Thomas Owen, gyflwyno y darlithydd i'r cyfarfod, ebe fe,

"Gyfeillion, mae rhywrai yn taenu y stori yn y gymdogaeth yma fod ein cadeirydd parchus, Thomos Owen, a'i wraig Marged, yn yfed cwrw o bîg y tebot, ond celwydd mae'n nhw'n ddeud yn chwilgorn-gafel-eu-gwddw, ynte, Thomos?"

"Ie, neno dyn," ebe Thomos, "yfais i 'rioed ddyferyn o gwrw o big y tebot, na Marged chwaith," ac ni chwanegwyd y *slander* ar Thomos a'i wraig.

Ond am Richard Bonner yr oeddwn yn meddwl sôn wrthot ti heno, 'blaw mod i yn ramblo. Clywais ef yn pregethu fwy nag unwaith, ond yr oeddwn yn rhy ieuanc i dderbyn unrhyw argraff, ond yn unig ei fod yn ddyn ysmala. Clywais hefyd yn ddilynol ddegau o ystraeon digrif yn ei gylch, ond ar hyn o bryd nid oes ond dwy yn aros yn fy nghof. Y mae i'r Wesleyaid gapel a elwir Tafarn y Celyn, neu fel y seinir ef ar dafod gwlad Tafarn gelyn, mangre ar y ffordd o'r Wyddgrug i Lanarmon. Ar un adeg yr oedd hen wreigan ffyddlon a duwiol iawn o'r enw Begws yn aelod dichllynaidd yn nghapel Tafarn-gelyn. Tlawd oedd ei hamgylchiadau, a derbyniai yr hen wreigan ychydig elusen plwy. Ar hyd y blynyddau cadwai Begws fochyn, a phan ddeuai yn hyn a hyn o faint gwerthai ef i dalu rhent ei bwthyn. Ond un tro darfu i ryw ysgerbwd o ddyn ladrata mochyn Begws, yr hyn a fu yn brofedigaeth fawr iddi. Teimlai yr eglwys yn Tafarn-gelyn yn dost dros yr hen wreigan yn wyneb ei cholled, a phenderfynasant, yn gristionogol ddigon, wneud casgliad iddi yn yr oedfa nos Saboth. Richard Bonner oedd i bregethu noswaith y casgliad, a gofynnodd y blaenoriaid iddo ddweud gair ar yr amgylchiad, oblegid yr oeddynt yn awyddus i ddigolledu yr hen Begws druan, ac ebe Bonner cyn i'r casglyddion fynd o gwmpas:

"Wel, gyfeillion, yr ydan ni i gyd yn nabod Begws— does ganddi ddim yn spâr ag iddi gael llonydd gan chiw ladron, a mi wn y rhoiff pob un gymaint ag a fedr o yn y casgliad hwn ond y dyn a ddygodd fochyn y greadures dlawd. Mi ellwch fod yn siŵr na roiff y dyn a ddygodd y mochyn ddim dimai ar y plât!" Cyfrannodd pob enaid rhag iddo gael ei dybied yn euog o ladrata mochyn Begws, a, chafodd yr hen wraig fwy nag a gollasai.

Yr oedd Richard Bonner yn ŵr cryf a chadarn, a mi wyddost pan fo gweinidog Wesleyaidd wedi teithio am nifer penodol o flynyddau yn y weinidogaeth fod ganddo hawl i osod ei hun ar restr yr uwchrif, sef yw hynny, ymryddhau oddi wrth ofalon cylchdaith. Yr oedd yr hen Fonner wedi gwasanaethu yn ffyddlon am y cyfnod angenrheidiol, ac mewn cyfarfod taleithiol fe wnaeth gais am gael ei ystyried yn uwchrif. Nid oedd y frawdoliaeth yn gweld ei ffordd yn glir i ganiatáu hyn am y rheswm nad oedd ganddynt neb ar y pryd mewn golwg i gymryd ei le, neu rywbeth arall, ac ebe llywydd y dalaith fel rhagymadrodd i berswadio Mr. Bonner i alw ei gais yn ôl,

"Wel, Mr. Bonner bach, mi wyddom oll fod gennych hawl i ofyn am gael eich gwneud yn *supernumerary*; ond yr ydych, hyd yn hyn, yn gryf, nid ydych yn pesychu, ac yr ydych yn pregethu yn dda—"

Ni chafodd y llywydd fynd ddim pellach cyn i'r hen ŵr pert godi ar ei draed, ac ebe fe, "O diar, os eisiau pesychu sydd, mi fedra i besychu cystal â 'run ohonoch chi, ond os ydach chi am aros nes i mi bregethu yn sâl mi fyddaf am byth heb gael 'y ngwneud yn *supernumerary*." Nid wyf yn cofio sut y terfynodd gyda golwg ar gais Mr. Bonner, ond dyna ddigon i ti i ddangos pertrwydd y dyn a'i wit barod. Os nad oes bywgraffiad wedi ei wneud i Richard Bonner, y mae yna waith difyr a buddiol yn aros rhywun.

Y Daleb

Dyma un o'r ystorïau yr ymhyfrydai fy Ewyrth Edward ei hadrodd, am ei bod yn wir bob gair, fel y dywedai:

Mi wyddost fod yr achos Methodistaidd yn y dref yn hen achos—un o'r rhai hynaf yn y Sir. Nid oedd pobl ers talwm yn cyfrannu hanner cymaint a chrefyddwyr y dyddiau hyn, ac nid oedd cymaint o angen. Er bod gweinidog a dau bregethwr yn perthyn i'r achos yn y dref, ac mewn rhan yn gwneud gwaith bugail, ni fyddai neb yn meddwl rhoi dimai iddynt am eu llafur. Caent ychydig am bregethu a dyna'r cwbl. Ond er cyn lleied a gyfrenid, yr oedd y cyfeillion wedi talu am y capel ers rhai blynyddoedd, ac yr oedd ganddynt arian yn llaw y trysorydd. Go ddi-sut y byddai yr hen bobl yn trin y materion ariannol—yr oedd y cwbl yn cael ei adael i ddau o'r blaenoriaid, a phawb yn ymddiried ynddynt fel dynion gonest, ac ni fyddai neb ohonynt yn gofyn am gael gweld eu cyfrifon, a phe gwnaethai rhywun hynny buasent yn ei ystyried yn *insult*. Yn wir, ni wyddai eu cyd-flaenoriaid eu cyfrinach—yn unig derbynient eu hadroddiad ddiwedd blwyddyn yn eithaf tawel. Yn y dyddiau hynny byddai llawer yn dyfod o bell o ffordd i gapel y dref, yn enwedig o Wernhefin, ac yn eu plith ddau frawd—dau ffermwr cyfrifol. Ymhen amser gwnaeth y ddau frawd apêl am gael dechrau achos yn Ngwernhefin, am fod cerdded deirgwaith i'r dref ddwy filltir o ffordd yn feichus. Caniatawyd y cais gan bobl y dref, ac yn fuan codwyd capel bychan yno i gadw Ysgol Sul y bore, ac i gynnal oedfa y prynhawn gan y pregethwr a ddigwyddai fod yn y dref. Fel hynny y bu am rai blynyddoedd nes sefydlu cangen eglwys yno, pryd y gwnaed Edward a Thomas Williams—y ddau frawd—yn flaenoriaid yn Ngwernhefin. Ymhen rhai blynyddoedd yr oeddynt wedi talu cost adeiladu y capel bach o fewn deugain punt, ac oherwydd y gwyddid fod gan gyfeillion y dref arian mewn llaw, gofynnwyd am fenthyg deugain punt yn ddi-lôg, ac y telid yr arian yn ôl pan fyddai galw, yr hyn a ganiatawyd. Wedi cael benthyg yr arian, aeth cyfeillion Gwernhefin yn ddifater am dalu eu dyled. Perthynai i eglwys y dref ŵr o'r enw John Evans, gŵr blaenllaw iawn gyda'r achos, a'i brif hynodrwydd oedd meithder ei weddïau. Byddai ein gliniau wedi cyffio bob tro y gelwid ar John Evans i weddïo. Er i ddewis blaenoriaid gymryd lle amryw weithiau yn y dref yn ystod arhosiad John Evans yno, gadawyd ef bob tro heb ei ddewis. Ond gwnâi John Evans y diffyg i fyny drwy weddïo gyhyd â thri bob tro y cai gyfleustra. Ymhen yr hwyr a'r rhawg daeth angen am arian ar bobl y dref, a galwyd ar gyfeillion Gwernhefin i dalu y deugain punt yn ôl. Wedi cael llawer cyngerdd, darlith a thê parti, casglwyd yr arian. Aeth blynyddoedd heibio, ac erbyn hyn yr oedd *financiers* eglwys y dref wedi meirw, a John Evans wedi symud i Wernhefin, ac wedi ei ddewis yn flaenor yno. Fel y gwelsent yn y dref, felly y gwnaethant yn Ngwernhefin— cadwai y ddau frawd bob cyfrinach ariannol iddynt eu hunain, ond yr oeddynt yn ddynion o gymeriad tryloyw, ac o dduwioldeb diamheuol. Oddeutu blwyddyn wedi dewisiad John Evans yn flaenor, bu farw un o'r ddau frawd, sef Edward, a syrthiodd yr holl gyfrinach i fynwes Thomas yn unig. Yn fuan, am ryw reswm neu gilydd, ystyfnigodd John Evans, a gwrthodai gymryd unrhyw ran gyhoeddus yn y capel. Deuai i'r moddion yn gyson i edrych dan ei guwch. Un nos Sul, yn y seiat, ar ôl ei gymell yn daer i ddweud gair ac iddo yntau wrthod, ebe Thomas Williams:

"John Evans, beth sydd arnoch chi? Yr ydach chi ers tro yn gwrthod gwneud dim—pwy sydd wedi'ch tramgwyddo? Gadewch i ni glywed."

Cododd John Evans ar ei draed, ac ebe fe "Thomas Williams, 'newch chi ateb y cwestiwn yma—ddaru chi dalu y deugain punt hynny ddaru eglwys Gwernhefin fenthyca gan eglwys y dref?" ac eisteddodd i lawr, ac yr oedd pawb wedi eu syfrdanu, a neb yn fwy na Thomas Williams ei hun.

"Eu talu?" ebe Thomas Williams. "Do debyg, ac y mae'r *receipt* gennyf yn tŷ. Yr wyf yn ofalus iawn i gadw pob *receipt*."

"Purion," ebe John Evans. "Dowch â hi yma, os medrwch chi."

Credai pob enaid yn y cyfarfod, oddigerth John Evans, y gallai Thomas Williams ddod â'r *receipt* ymlaen, ac wedi mynd allan o'r cyfarfod ymosododd amryw o'r brodyr ar John Evans am ei haerllugrwydd. Ond yr unig beth a ddwedai ef oedd—"Arhoswch dipyn bach i edrach a feder o gael y *receipt*." Yr oedd i Thomas Williams deulu mawr a pharchus, ac aeth pob un ohonynt ati drannoeth i chwilio am y *receipt*.

Yr oedd yn y tŷ gannoedd lawer—rhai ohonynt yn hanner cant oed, ond methwyd yn glir a dyfod o hyd i'r *receipt* angenrheidiol, ac yr oedd trueni Thomas Williams a'r teulu yn fawr arnynt. Trowyd pob peth i fyny yn tŷ, a chwiliwyd yn fanwl bob cilfach a chornel, ond i ddim pwrpas. Methai yr hen ŵr gysgu na bwyta, ac erbyn y seiat ganlynol yr oedd ei gnawd wedi curio.

Ar ôl y gwasanaeth dechreuol yn y seiat cododd John Evans ar ei draed, ac ebe fe:

"Thomas Williams, ddaethoch chi â'r *receipt* am y deugain punt gyda chi heno?"

"Naddo," ebe'r hen flaenor. "Yr wyf fi a'r plant wedi chwilio ein gorau amdani, ond hyd yn hyn wedi methu dod o hyd iddi. Ond yr wyf yn sicr fy mod wedi talu'r arian, ac yr wyf yn meddwl fod yr eglwys yma yn credu fy ngair. Mi âf i'r dref y fory at ferch Owen Jones, ac y mae yn ddiamau fod yna ddangosiad yn hen lyfrau ei thad fy mod wedi talu yr arian. Mae Owen Jones a fy mrawd yn eu beddau, onide gallasent hwy dystio i wirionedd yr hyn yr wyf yn ei ddweud."

"Yr wyf wedi bod yn y dref o'ch blaen," ebe John Evans, "ac nid oes yn mhapurau Owen Jones ddim dangosiad eich bod wedi talu, ac nid oes neb yn eglwys y dref yn cofio i chi dalu dimai o'r arian."

"Duw yw fy marnwr," ebe Thomas Williams "mi delais yr arian yn onest, ac yr wyf yn teimlo'n sicr y gallaf eto ddangos fy mod yn dweud y gwir."

Gwnaeth Thomas Williams ymofyniadau manwl ymhlith cyfeillion y dref, ac ymhlith eraill, ond nid oedd neb yn cofio iddo dalu yr arian. Erbyn hyn yr oedd y peth wedi mynd yn siarad y wlad, ac amryw o aelodau Gwernhefin wedi mynd i gredu fel John Evans. Ond daliai y mwyafrif yn dynn yn y grediniaeth fod Thomas Williams yn ddyn gonest, canys yr oedd yn ŵr mewn amgylchiadau da ac arian heb fod yn brofedigaeth iddo. Thomas Williams a'r teulu oedd wedi bod yn brif gefn i'r achos am hanner oes, ac nid oedd un tŷ wedi bod yn agored i dderbyn pregethwyr yn yr ardal ond Trosygarreg, sef eu tŷ hwy. Aeth pethau o ddrwg i waeth, a gellir yn hawddach ddychmygu teimladau Thomas Williams a'r teulu na'u darlunio. Dygwyd yr achos i'r Cyfarfod Misol, a phenodwyd dau weinidog a blaenor i fynd i Wernhefin "ar achos neilltuol," a chredid gan lawer y torrid Thomas Williams nid yn unig o fod yn flaenor ond o fod yn aelod hefyd.

Noswaith y prawf a ddaeth, ac fel y digwydda ar achlysuron cyffelyb nid oedd ewin yn ôl yn y seiat honno. Edrychai Thomas Williams yn guchiog a phenderfynol, ac

edrychai ei fechgyn yn benuchel, a dywedai rhywrai mai
gweddusach fuasai iddynt aros gartref neu ynte gadw eu
pennau i lawr. Wedi i'r gweinidog ieuengaf ddarllen a
gweddïo, gan gyfeirio ar y weddi fwy nag unwaith at yr
achlysur anghyfforddus, ac wedi i'r plant adrodd eu
hadnodau a chael eu hanfon adref, gosododd y gweinidog
hynaf yr achos y daethent yno o'i blegid yn glir a phwysig
o flaen yr eglwys, ac nid heb arddangos llawer o ofid calon,
canys yr oedd efe a'r cyhuddedig wedi bod yn gyfeillion
mawr. Yna yn bur dyner gofynnodd i'r hen flaenor beth
oedd ganddo i'w ddweud drosto ei hun? Cododd Thomas
Williams ar ei draed yn nghanol distawrwydd fel y bedd, a
dywedodd, mor agos ag y gallaf gofio fel hyn:

"Benthyciwyd y deugain punt bymtheng mlynedd ar
hugain yn ôl, a mi telais innau nhw bum mlynedd ar
hugain i ddydd Mercher diwethaf. Er pan ddaeth John
Evans â'r cyhuddiad yn fy erbyn, gellwch yn hawdd
ddychmygu fy nheimladau. Nid wyf ar hyd yr amser wedi
cysgu na bwyta ond ychydig. Yr wyf fi a'r plant o'r
diwrnod hwnnw hyd heddiw wedi chwilio am y *receipt* ym
mhob cornel o'r tŷ, ond yn hollol ofer; ac yr oedd meddwl
am eich dyfodiad yma heno, a'r achlysur ohono, fel pe
buasai rhywun yn rhoi cyllell yn fy nghalon. Am y canfed
tro fe ddarfu i'r plant a minnau chwilio'r tŷ o'r top i'r
gwaelod am y *receipt* heddiw, ond i ddim pwrpas. Pan
oeddem yn ceisio cymryd cwpaned o dê, mi a ddwedais
wrthynt: 'Wel blant, fe gaiff eich tad ei ddiarddel heno,
ond y mae fy nghydwybod yn lân o'r bai a roir yn fy
erbyn—','' ac yn y fan hon torrodd yr hen flaenor i lawr,
a bu raid i ni aros munud iddo adfeddiannu ei hun, pryd
yr ychwanegodd: "Ar ôl tê mi glöis fy hun yn y parlwr i
aros amser y seiat, ac os gweddïais erioed mi weddïais
heno. Yr oeddwn yn teimlo fod Duw yn delio yn o galed
efo hen was. Rhaid i mi gyfadde fy ngwendid fy mod wedi
edliw tipyn iddo. Mi ddeudes wrtho y mod i wedi treio ei

wasanaethu er yn hogyn, fy mod wedi cyfrannu at ei achos yn ôl fel yr oedd o wedi fy llwyddo yn y byd, fy mod i wedi agor fy nhŷ i groesawu ei weision ar hyd y blynyddau, a mi ofynnais iddo a oedd o'n mynd i'm mwrw ymaith yn amser henaint a phenllwydni, a wn i ddim ddaru mi beidio awgrymu wrtho nad oedd hynny ddim yn *honourable*. P'run bynnag, mi deimlais yn well wedi deud fel yna wrtho; a mi adawais y cwbl iddo, ond cystal a deud wrtho hefyd y byddai i mi ei watchio sut y gwnâi o â fi. Yr oedd eto dipyn o amser tan adeg y seiat, a mi feddyliais y treiwn i ddarllen tipyn i aros yr amser. Mi estynais oddi ar y silff hen gyfrol o'r DRYSORFA, a mae Duw yn gwybod fy mod yn deud y gwir, yn y lle yr agorodd y llyfr yr oedd y *receipt!* Mi waeddais dros bob man—*receipt! receipt! receipt!* a dyna'r plant at y drws gan feddwl fy mod wedi dyrysu yn fy synhwyrau, a fuasai hynny ddim yn rhyfedd, a doeddwn i ddim yn cofio y mod i wedi cloi y drws, ac yr oeddwn yn dal i waeddi *receipt!* Wedi i mi dawelu ac agor y drws mi aethon ar ein gliniau. Dyma'r *receipt* Mr. E—, ac yr ydach chi yn eitha cyfarwydd â llaw Owen Jones," ac eisteddodd Thomas Williams i lawr, a rhaid i mi ddweud nad oedd prin wyneb sych yn y lle.

"W—w—wel, Mr. Williams," ebe Mr. E—, "mae llawer o bethau da wedi bod yn y *Drysorfa*, er mai fi, y Golygydd, sydd yn dweud hynny, ond dyna'r peth gorau gawsoch chi ynddi erioed."

Fedra i ddim darlunio i ti, ebe fy Ewyrth Edward, ein teimladau y noson honno. Yr oedd pawb yn wylo o lawenydd oddigerth John Evans. Edrychai ef fel pe buasai wedi ei saethu. Ond credai rhai fod John Evans yn eithaf gonest yn ei dybiaeth er iddo gam gymryd. Ni fu fyw fawr wedi hyn, ac ymddangosai fel dyn wedi torri ei galon.

Enoc Evans, y Bala

Oes, y mae gennyf gof gweddol am Enoc Evans, y Bala, ebe F'ewyrth Edward. Ddaru Enoc a finnau ddim ei hitio hi yn dda iawn—yr oedd ef wedi dod i'r byd dipyn yn rhy fuan, a minnau dipyn yn rhy hwyr, ac felly ni ffurfiwyd fawr o gwentans rhyngom. Ond mi glywais lawer o sôn am Enoc fel un oedd yn ddarllenwr di-ail, ac yn hoff iawn o adar. Nid oedd neb yn ei bwyll yn dyfod yn hwyr i'r oedfa pan fyddai Enoc i bregethu, oblegid ei glywed yn darllen y bennod oedd y trêt. Nid oedd, fel y clywais ddynion o farn yn dweud, yn rhyw helynt o bregethwr. Yn y dyddiau hyn, Castle Street, yn yr Wyddgrug, ydyw yr ystryd iselaf a butraf yn y dref. Nid wyf yn meddwl fod ac na fu i un tŷ ddrws cefn gydag un eithriad, ac y mae y nifer mwyaf o'r tai erbyn hyn wedi eu datgan yn anghymwys i neb drigo ynddynt. Ond y mae i'r hen ystryd hanes cysegredig iawn. Pe gallasai Castle Street adrodd ei hanes ei hun, fe fuasai ganddi lawer iawn i'w ddweud, a hwnnw o ddiddordeb neilltuol. Yn y tŷ cyntaf ar y llaw dde y trigai yr hen Angel Jones, y blaenor enwog y canodd Glan Alun farwnad gampus iddo. Yn y caban hwn y magodd Angel deulu mawr, ac y gwnaeth fusnes anferth fel teiliwr. Nid oes i'r tŷ ond dwy ystafell wely, ac un fechan fach arall ar ben y grisiau, ac eto, mor ryfedd ydyw meddwl, hwn oedd prif gartref rhai o brif enwogion y pwlpud Cymreig am lawer o flynyddoedd yn eu hymweliadau â'r dref. Yn y tŷ bychan distadl hwn y cysgodd Eben. a Thomas Richards, William Havard, Roberts, Amlwch, John Elias, y ddau Jones o Lanllyfni, Henry Rees, a llu eraill, pan ddeuent i'r Wyddgrug i bregethu, ac yn eu plith Enoc Evans, y Bala.

Yn nhop Castle Street trigai cymeriad rhyfedd—yr wyt yn ei gofio yn dda—o'r enw William Jones, teiliwr fyth. Wrth yr enw Cwil yr adnabyddid ef yn gyffredin. Dyn byr, gorsyth ydoedd, bob amser yn gwisgo *dress coat* a *top hat*. Nid oedd Cwil na Chymro na Sais, ond yr oedd ganddo grap ar y ddwy iaith. Egwan iawn oedd ei alluoedd meddyliol, a bu am dri mis ar ôl tyfu i fyny yn ceisio dysgu y pader, ac yn y diwedd bu raid iddo roi yr ymdrech heibio fel *bad job*. Dau beth a hoffai Cwil yn fwy na dim arall, sef cwrw ac adar. Byddai yn cael term hir weithiau, a chlywais ef yn dweud ei fod wedi colli tri diwrnod o'i oes na wyddai ddim amdanynt. Yr oedd Cwil wedi cael wythnos o sbri, a chysgodd o nos Sadwrn hyd fore Mercher heb ddeffro. Yr oedd Cwil bob nos Sadwrn o'r flwyddyn ar ôl cael ei gyflog, ac ymolchi a shafio, yn mynd at ei ddiod i'r *Talbot*, ac yn yfed mor drwm fel na wyddai ddim wrth adael y dafarn ond mae "troi ar y dde" oedd y ffordd gartref. Ond un Sadwrn perswadiwyd ef gan gyfaill i fynd i'r *Eagle and Child*, yr ochr arall i'r heol. Wrth gychwyn gartref y noson honno cofiodd Cwil am y rheol ddieithriad o "droi ar y dde," a chafodd ei hun fore Sul wrth Bentre Hobin, ar ffordd Wrecsam, yn gorwedd ym môn y clawdd, ac yn methu dirnad pa fodd a fu iddo fethu yn ei *landmarks*. Ond fel y dwedais, yr oedd Cwil yn hoff iawn o adar—yn fwy felly na chwrw. Un tro pan oedd Enoc Evans yn pregethu yn yr Wyddgrug, digwyddodd yr hen Angel sôn wrtho am adar Cwil Jones. Aeth Enoc yno ar ei union, a bu Cwil ac yntau yn siarad am adar hyd hanner y nos, a buasent wedi parhau hyd y bore oni buasai i Angel fynd i nol ei lodger.

Ar ôl hyn gofynnai Cwil yn feunyddiol i Angel, "Hengel, pryd mae y *bird merchant* yn dŵad yma i pygethu eto?" A phan ddeuai Enoc Evans ar draws gwlad i'r Wyddgrug, y peth cyntaf a wnâi, cyn cael tamaid o fwyd, oedd ymweld a Cwil, ac ymgomio am yr adar, a llawer tro buasai Enoc wedi anghofio ei ymborth a'r oedfa a'r cwbl yn nghwmni Cwil, oni bai fod Angel yn ymyl. Un tro yr oedd Enoc Evans wedi cymryd ffansi anghyffredin at *canary* oedd yn meddiant Cwil—yr oedd yn dotio ato fel cantwr, ac eisteddodd yr hen begor i wrando arno am oriau. Y waith gyntaf y daeth Enoc i'r Wyddgrug wedyn—ar ôl rhoi ei geffyl i fyny yn y *Black Boy*, aeth yn syth i edrych am Cwil Jones, ac wedi llygadu o gwmpas y tŷ, ebe fe, "Lle mae'r *canary* campus hwnnw wedi mynd, William Jones? "

"Mae'r cath wedi lladd o, Mistar Hifans," ebe Cwil.

"Eich cath chi oedd y syrffet, William?" gofynnai Enoc.

"Dim peryg," ebe Cwil. "Mi lladdwn pob cath yn y byd 'dawn i'n medryd."

"Mi nawn ninnau'ch helpio chi, William," ebe'r hen bregethwr.

"Mae'n da gen i'ch clywed chi'n deud, Mistar Hifans," ebe Cwil, ac ychwanegodd gydag ochenaid, "Do, mi ddaru cath John Bowen 'i ladd o, a faswn i dim yn cymyd 'y mhwyse o aur am y deryn hwnnw, Mistar Hifans. A mi deuda i chi be neis i â fo, syr—y cath gwyddoch—mi dalies o ar dydd Sadwrn pan odd o'n dŵad i'r tŷ i edrych am deryn arall, a mi rhos o mewn bocs a clo arno, a bore Sul mi lodies fy pibell a mi cymes stôl i'r gardd, a mi noles y cath a mi croges o yn y pren fale, a mi steddes ar y stôl i cymyd mygyn i edrach arno fo'n marw, a mi ces fy *revenge*."

"A syrfio'r slwt yn reit," ebe Enoc yn selog, ac ychwanegodd, "Mi welaf, William, fod gynoch chi adar bach yma?"

"Hoes, Mistar Hifans," ebe Cwil, "ond gwelsoch chi 'rioed ffasiwn trafferth ces i 'i cael nhw. Mi treies un giar efo celiog ene am wsnose, a 'nae'r dau dim byd â'i gilydd; ond mi rois giar arall efo'r celiog, a mi ces adar bach toc, a ma hynny yn digon o profedigeth ma nid ar y celiog rodd y bai."

"Diar annwyl galon!" ebe Enoc.

"Enoc Evans, mae hi'n amser mynd i'r capel," ebe Angel yn y drws; a thorrwyd ar seiat y ddau hen gono.

Nid cynt yr oedd yr oedfa drosodd nag y brasgamodd Enoc o flaen Angel i'r Castle Street. Pan ddaeth Angel i'r tŷ cafodd fod Nancy wedi gwneud y swper yn barod, ond nid oedd dim sôn am Enoc Evans. Dyfalodd Angel yn mha le yr oedd yr hen bregethwr, ac ymaith ag ef i dy Cwil Jones, a chafodd y ddau drachefn mewn dîp disgwrs am yr adar. "William Jones," meddai Enoc, "beth ydi'r achos nad ydach chi ddim yn cadw dim ond y canaries a'r nicos yma? Ydach chi ddim yn hoff o adar eraill?"

"Hydw, Mistar Hifans," ebe Cwil, "yr hydw i'n hoff o pob *sort* o hadar. Ond mi gwelwch bod y tŷ dipyn yn bwchan, a mae deryn pranweth a deryn du isio *cage* mawr, a mae nhw tipyn yn budron. Ond faswn i dim yn hidio am hynny dase gen i lle iddyn nhw, Mistar Hifans. A mi deuda i chi peth arall, ma Hangel yn gwbod cystal â mine, roddwn i'n ffond sobor o *lark*, a rodd gen i un unweth na weles i 'rioed 'i *sort* o. Fi ddaru fagu o, a rodd o'n cantwr na chlywes i 'rioed 'i bath o. A rodd o mor dof fel roddwn i yn 'i cymyd o weithie i'r siop weithio, ma Hangel yn gwbod. Wel un tro mi cymes o i'r siop weithio, a rodd yno dyn, i enw fo odd George Roberts, rodd o'n canu yn reglws—y cantwr bâs gore clywsoch chi 'rioed—ond dodd gynfo dim parch i deryn da. Wel, mi cymeres y deryn i'r siop ydw i'n deud wrthoch chi, Mistar Hifans, a rôl i mi fynd ar y bwrdd, mi dalies y *lark* ar cledyr fy llaw—rodd o mor dof—a mi deudes, 'Dene ti, George, deryn na welest di 'rioed 'i *sort* o.' A be ddaru George neud, heb i mi meddwl, mi cymodd labwt a mi tarodd fi tan fy penelin, a mi ês i llysmer. Pan dois i ata fy hun mi ofynes, 'Lle ma *lark* fi, George?' a mi gweles fy *lark* wedi marw ar y bwrdd, ar ôl hynny mi cymes syrffet at cadw *lark*."

"Wel, y dyn annuwiol a dideimlad," ebe Enoc. "Beth ddaru chi—?"

"Enoc Evans, mae'n bryd i chi ddod i'r tŷ ers meityn," ebe Angel.

Mi fûm yn aros am dipyn yn y Bala, ebe F'ewyrth Edward, ac yn ystod yr amser hwnnw mi adwaenes ddau fab i Enoc Evans. Saer maen oedd un, a Dafydd oedd ei enw, os wyf yn cofio yn dda. Y pryd hwnnw yr oedd yn adeg isel ar grefydd, a'r gwaith yn slac. Er mwyn cael ychwaneg o waith gadawodd Dafydd grefydd ac aeth i'r Eglwys. Ond yn y man ymwelodd diwygiad crefyddol â thref y Bala, ac yr oedd yn amser hyfryd ar y cyfeillion yn yr hen gapel.

Un noson seiat, pan oedd y diwygiad yn ei wres, daeth Dafydd yn ôl i'w hen gartref, ac aeth Doctor Lewis Edwards i ymddiddan ag ef. Yr oedd yr ymgom mor agos ag y gallaf gofio fel hyn:

"Wel, Dafydd Evans, beth wnaeth i chwi droi yn ôl?" gofynnai y Doctor.

"Ffilio bod yn gyfforddus adeg y diwygiad yma yn yr hen Eglwys ene," ebe Dafydd.

"Y mae yna bobl dda iawn yn yr Eglwys," ebe y Doctor.

"Oes," ebe Dafydd, "rhai da iawn am edrach ar ôl y corffyn, yn eich curo chi yma yn arw am hynny. Yr oeddwn i'n cael mwy o waith o lawer yn yr Eglwys na phan oeddwn i'n arfer dod yma. Ond rhai go sâl ydyn nhw am edrach ar ôl yr ened."

" Wel," ebe'r Doctor, "yr oeddwn yn clywed fod pobl yr Eglwys hefyd yn edrych ar ôl yr enaid. Yn y diwygiad yma yr oedd genych yn yr Eglwys gyfarfodydd gweddïo fel ninnau yn y capel, ond oedd?"

"Oedd, Mr. Edwards," ebe Dafydd, ond wyddoch chi'r gair ddoth i'm meddwl i wrth eu gweld nhw wrthi?"

"Na wn i'n siŵr," ebe'r Doctor.

"A'r swynwyr a wnaethant yr un pethau," ebe Dafydd, a chwarddodd y Doctor nes oedd ei ochrau yn mynafyd.

Het Jac Jones

Mi glywaist lawer gwaith fod gan y meddwl gryn lawer i'w wneud ag iechyd neu afiechyd y corff, a mae hynny yn ddigon gwir. Dyma hanes i ti sy'n cyn wired â'r pader.

Wedi i mi dyfu i fyny'n llanc, yr oeddwn wedi glân 'laru ar weithio ar y ffarm—yr oedd yn fywyd rhy lonydd i mi. Yr oeddwn wedi clywed fod cyflog da i lanciau yn ffactri gotwm yr Wyddgrug, a ffwrdd â fi yno i edrych am waith. Cyflogais yn union fel rhyw fath o was i'r *spinners*, ac yr oeddwn yn bur ddedwydd fy lle. Yr oedd yno lanc arall tua'r un oed â mi yn yr un swydd—bachgen wedi colli un llygad, ond yn gweld gyda'i un fwy nag a welai bechgyn yn gyffredin gyda'u dau lygad. William James oedd ei enw, a bachgen direidus dros ben ydoedd, a daeth ef a minnau yn ffrindiau mawr yn fuan. Byddai William a minnau yn gyfrannog mewn rhyw driciau ar y *spinners* yn feunyddiol Ond yr oedd yn ddealledig rhwng Wil a minnau ein bod i gymryd y bai bob yn ail. Os y fi a gyhuddid o wneud y cast, cymerai Wil James y bai, ac felly y gwnawn innau pan gyhuddid yntau. Felly byddem yn arbed un cerydd, a rhai garw am geryddu oedd y *spinners*. Giaffer y *spinning-room* oedd Thomas Burgess, un o'r dynion bryntaf a mwyaf amhoblogaidd gyda'r gweithwyr a welais erioed. Ond yr oedd Burgess yn hynod o hoff o gellwair a gwneud mân driciau gyda'r dynion oedd dan ei ofal, ac felly nid oedd Wil James a minnau yn isel iawn yn ei ffafr.

Yr oeddwn wedi darllen yn rhywle fod yn bosibl perswadio dyn iach i fod yn sâl, a dyn sâl i fod yn iach, os na fyddai ei salwch yn un tost iawn. Un awr ginio soniais am hyn wrth Thomas Burgess, ac ebe fe:

"Mae'n reit hawdd treio y peth, bydae ti a Wil James yn rhoi eich pennau ynghyd sut i experimentio ar un o'r *chaps* yma. Os na fedr Wil ddyfeisio rhywbeth yn y ffordd yna, lle sâl i ti a finnau dreio, achos cwtrin o fachgen ydi Wil." Syniai Wil yn gyffelyb am Burgess, mai cwtrin oedd yntau.

"Wyst di be," ebe Wil wrthyf un diwrnod, "mi leiciwn farw yr un funud â'r hen Burgess yma."

"Pam hynny?" ebe fi.

"Am fod ganddo gymin' i'w aped amdano," ebe Wil, "a thra y bydden nhw yn trin ei gês o mi fedrwn snecio i'r nefoedd heb i neb sylwi."

Pa fodd bynnag, soniais wrth Wil am awgrymiad Thomas Burgess, a chyn nos yr oedd cynllun Wil yn barod. Yr oedd un o'r *spinners*, Jac Jones wrth ei enw, bob amser yn gwisgo *top hat*, ac yn ei gosod ar hoel tu allan i'r *spinning-room*. Cynllun Wil oedd rhwymo llinyn du main o gwmpas gwaelod yr het, wrth y cantel, a'i thynnu i mewn chwarter modfedd, a mae chwarter modfedd, ti wyddost, yn ddau *size* mewn het, ac wedyn perswadio Jac Jones fod ei ben wedi chwyddo. Yr oedd y cynllun wrth fodd yr hen Burgess. Bore drannoeth, cyn gynted ag yr aeth Jac Jones at ei waith, rhwymodd Wil y llinyn am yr het yn reit nêt, ac, yn ôl y cynllun, es innau i'r *spinning-room*, a dywedais wrth Jac, "John Jones, ydach chi ddim yn iach heddiw?"

"Ydw, 'machgen i, pam roeddat ti'n gofyn?"

"O dim," ebe ti, "ond 'y mod i'n meddwl fod gynoch chi dipyn o chwydd yn eich arleisiau."

"Nag oes, neno dyn, yr ydw i'n cael iechyd campus, diolch amdano," ebe Jac.

Oddeutu saith o'r gloch aeth Wil ato, a dywedodd,

"John Jones, dydach chi ddim yn edrach 'run fath ag arfer bore heddiw; oes gynoch chi boen yn y'ch pen?"

"Nag oes neno diar; ond oedd Ned yn gofyn yr un peth gynne; be naeth i ti feddwl?"

"Wn i ddim," ebe Wil," ond y mae rhywbeth yn edrach yn od yn ych pen chi, fel bydae chi wedi cael dyrnod un ochr. Gadewch i mi weld yr ochr arall. Na, mae'r ddwy ochr

Het Jac Jones

r'un fath; y fi ddaru ffansio, ddyliwn," a ffwrdd â Wil at ei waith.

Rhyw bum munud cyn amser brecwest, aeth yr hen Burgess ato, a dywedodd, "Dyma ti, Jac, fuost di mewn rhyw sgarmes neithiwr? Rwyt wedi bod yn slotian efo'r hen ddiod eto, achos y mae dy ben di fel meipen gron; neu wyt ti wedi cael clefyd y pennau sydd o gwmpas rŵan?"

"Phrofes i ddyferyn ers wythnos, a mae mhen i gystal a phen yr un ohonoch chi," ebe Jac, yn gwta.

"Gobeithio dy fod yn dweud y gwir," ebe Burgess, ac ymaith ag ef.

Pan oedd Jac yn mynd i'w frecwest, ac yn ceisio rhoi ei het am ei ben, ni fedrai yn ei fyw. Edrychodd ai nid oedd wedi cymryd het rhyw un arall, ond cofiodd nad oedd neb yn gwisgo *top hat* ond efe, ac yr oedd ei enw, yr hwn yr oedd wedi ei ysgrifennu â'i law ei hun tu mewn iddi. Cafodd fenthyg cap i fynd i'w frecwest, a chariai yr het yn ei law. Ni ddaeth Jac Jones at ei waith ar ôl brecwest. Ganol dydd galwodd Burgess i edrych amdano, a chafodd ef yn ei wely, yn dioddef gan boenau mawr yn ei ben. Dywedodd Burgess wrth Jac mai y clefyd yn ddiau ydoedd, ond fod meddyginiaeth wedi ei ddarganfod i'w wella ar unwaith, ac y deuai a'r cyffyr iddo y prynhawn hwnnw, wedi i'r felin stopio. Aeth Burgess a minnau i edrych am Jac y noson honno, a chymerasom dipyn o *sweet oil* mewn potel gyda ni. Tra yr oedd Burgess a gwraig Jac yn y llofft, yn cymhwyso y *sweet oil* at ei ben, yr oeddwn innau yn y gegin yn tynnu y llinyn oddi ar yr het; ac er mwyn dangos mor effeithiol oedd y feddyginiaeth, anfonodd Burgess y wraig i nol yr het a gallodd Jac ei rhoi am ei ben yn hwylus. Yn wir, gan gymaint o'r *sweet oil* oedd ar ei ben, llithrai yr het braidd yn rhy esmwyth, a da oedd fod gan Jac glustiau go fawr i'w hatal rhag iddi fynd dros ei wyneb. Ond rhyfedd, ni ddarfyddodd y poenau yn union deg, er i'r chwydd gilio ar unwaith, a bu Jac Jones ar y clwb am wythnos cyn ail-ddechrau gweithio. Ni chafodd wybod am y cast am dair wythnos, ac ni faddeuodd byth i ni.

Dyma stori arall i ti, ddigon tebyg, ebe fy Ewyrth Edward, ond caf adrodd honno eto hwyrach.

Edward Cwm Tydi

Fel partner i stori Jac Jones a'i het, dyma i ti stori arall sydd yn dangos mor hawdd ydyw gwella ambell ddyn o afiechyd trwm, a mae'r hanes yn wir bob gair: yr oeddwn yn adnabod y bobol, ac y mae eraill yn fyw rŵan oedd yn eu hadwaen. Yr hyn a wnaeth i mi gofio yr hanes oedd clywed am y Seqwa yna sydd yn mynd o gwmpas y wlad i wella pobol o'r gymalwst (*rheumatism*) mewn ychydig funudau drwy eu rhwbio. Oddeutu trigain mlynedd yn ôl, yr oedd yn byw mewn tyddyn o'r enw Cwm Tydi, yn agos i Langollen, frawd a chwaer, sef hen lanc ifanc a hen ferch ifanc, o'r enw Edward ac Ann. Yn y dyddiau hynny byddai pobol yn cael eu hadnabod wrth y lle y byddent yn byw ynddo, neu wrth y gelfyddyd a fyddent yn ei dilyn. Er fy mod yn adwaen y brawd a'r chwaer yn dda, ni wyddwn mo'u henw ond fel Edward ac Ann Cwm Tydi. Yr oedd yr hen lanc a'r hen ferch mewn tipyn o oed. Dyn mawr, cryf, iach, oedd Edward, ond lled wannaidd oedd ei chwaer Ann.

Ryw dro cymerwyd Edward yn sâl iawn gan y gymalwst, fel na fedrai prin symud yn ei wely, na goddef i neb gyffwrdd ag ef, ac yr oedd mewn poenau dirfawr, a gyrrwyd ar ffrwst i Langollen am Doctor Morris. Dyn byr, cryno, oedd y Doctor, ac wedi clywed am afiechyd Edward, daeth i Gwm Tydi yn ddiymdroi, a dywedodd y gwnâi anfon potelaid o ffisig i'r claf. Yr oedd i'r Doctor Morris was o'r enw Wil, bachgen o Landysilio, yr hwn a ofalai am ei geffylau, ac a fyddai weithiau yn helpio y Doctor i wneud y ffisig i fyny. Ni chlywais enw erioed ar y bachgen hwn ond Wil, gwas y Doctor. Cymro glân a smala oedd Wil, ac yr wyf yn ei gofio yn dda. Wedi i'r

Doctor wneud y botel i fyny, dywedodd wrth Wil am ysgrifennu arni y byddai raid ei hysgwyd yn dda cyn rhoi y ffisig i'r claf. Ysgrifenodd Wil, "He *must be well shaken before taken*", gan roddi *he* yn lle *it*. Pa un ai o ddireidi ai o anwybodaeth y gwnaeth efe hyn, ni wn.

Pan gyrhaeddodd y botel i Gwm Tydi ni fedrai nac Ann nac Edward ddeall gair ysgrifen, oblegid ni chawsent awr o ysgol eu bywyd. Yr oedd yn Nghwm Tydi was o'r enw Abram, yr hwn a gawsai ychydig o ddysg, a galwyd ef i ystafell y claf "i ddarllen y botel," er mwyn gwybod sut yr oedd y ffisig i'w gymryd. Dywedodd Abram wrth Ann, "Rhaid i ni ei ysgwyd yn dda cyn rhoi'r ffisig iddo."

"Ei ysgwyd?" ebe Ann.

"Ie," ebe Abram, "dyma fo'n deud ar y botel, '*He must be well shaken before taken*'."

"Fedra i mo'i ysgwyd o, rydw i yn rhy wan," ebe Ann.

"Mae'n rhaid gwneud hynny, achos mae'r botel yn deud," ebe Abram, ac ocheneidiai Edward yn ei wely.

"Wel," ebe Ann, "gan fod y Doctor yn deud fod yn rhaid, does dim ond gwneud hynny."

Taflwyd y dillad oddiar Edward, ac aeth Abram un ochr i'r gwely ac Ann yr ochr arall, ac ysgwyd Edward a wnaethant yn dda, nes oeddynt yn chwys diferol, ac Edward yn gwaeddi uchw mawr a mwrdwr. Collodd Edward ei lais wrth waeddi mor galed, a thybiodd Ann ac Abram ei fod ar fin marw. Eisteddodd y ddau i lawr, yn fyr eu gwynt, i aros a ddeuai Edward ato ei hun. Yn y man ebe Edward,

"Abram, bob byrfaint y mae y botel yn deud y rhaid fy ysgwyd i?"

"Dair gwaith y dydd," ebe Abram.

"Ho," ebe Edward, "dim chwaneg o'r drefn yna i mi," a chododd yn araf deg a gwisgodd amdano, a theimlai yn lled dda.

Drannoeth daeth Doctor Morris i Gwm Tydi, a chyfarfyddwyd ef ar ben y buarth gan Ann.

"Sut mae Edward heddiw, Ann?" ebe'r Doctor

"Wel," ebe Ann, "dydw i ddim yn meddwl y gnaeth y ffisig fawr o les iddo, ond mi ddaru'r ysgwyd neud daioni mawr iddo. Mi ysgydwodd Abram a finne fo ein gore glâs cyn rhoi'r ffisig iddo, fel yr oedd y botel yn deud, a toc mi gododd a mi wisgodd amdano heb help, ac erbyn heddiw mae o reit sionc."

Gwelodd Doctor Morris y camgymeriad, ac ebe fe,

"Yr achos i mi roi gorchymyn ei ysgwyd yn dda oedd er mwyn i'r ffisig sefyll efo fo," ac aeth ymaith dan wasgu ei ochrau.

Bu Abram, wedi hyn, yn was efo 'nhad, a mi gwelais e'n bwyta llond gogor o winwyn oerion, ond stori arall ydi honno, ebe fy Ewyrth Edward.

Thomas Owen, Tŷ'r Capel

Wrth sôn wrthot ti y noson o'r blaen am William a Richard Bonner, mi wneis ryw gyfeiriad at Thomas Owen Tŷ'r Capel, yr Wyddgrug. Un o'r cymeriadau rhyfeddaf a welais erioed oedd Thomas. Crydd oedd o wrth ei grefft; ond yr oedd o hefyd yn bregethwr efo'r Methodistiaid. Anaml y gwelaist di ddyn teneuach na fo, ond yr oedd yn hynod o ewynnog ag yn gerddedwr dan gamp. Yr oedd ei drwyn yn union yr un ffurf a thrwyn y Duke of Wellington, fel *knocker* drws. Wrth i mi sôn am ei drwyn yr wyf yn cofio digwyddiad lled ysmala iddo. Yr oedd gan Thomas arferiad wrth bregethu o estyn ei fys blaen allan fel pe buasai yn pwyntio at rywun yn y gynulleidfa, ac yna gymryd gafael yn ei drwyn gyda'i fys a'i fawd, a deuai y bys blaen allan wedyn. Un tro fe ddarfu i bobl Nerquis roi gwahoddiad i Thomas Owen i ddyfod yno i gadw plygain am bump o'r gloch yn y bore yn y capel, ac ufuddhaodd yntau yn barod ddigon. Yr oedd y capel yn dan sang. Nid oedd lampau na *gas* wedi dod i arferiad y pryd hwnnw. Canhwyllau gwêr a fyddai ymhobman, a gofalid am *snuffers* ar bob pwlpud er mwyn i'r pregethwr allu topio y canwyllau pan ddechreuent ddylu. Gweddïodd Thomas yn afaelgar iawn y bore hwnnw, a dyna yr adeg yr oedd efe yn erfyn ar ran brenhines Madagascar. "Achub hi, Arglwydd, neu symud yr hen Jaden front[*]," meddai Thomas. Pa fodd bynnag, gyda iddo ddechrau pregethu sylwodd fod y canhwyllau yn duo, ac edrychodd o'i

---

[*] Ranavalona I (1778-1861) o Fadagascar, fu'n deyrnas annibynnol ar y pryd. Roedd Ranavalona eisiau gwrthsefyll dylanwadau Ewropeaidd yn y wlad, ac erlidodd y cenhadon Prydeinig oedd am ledaenu Cristongaeth yno.

gwmpas am y *snuffers*, ond nid oedd un yno. Gwlychodd Thomas ei fys a'i fawd ar ei wefus a thorrodd ben y canhwyllau. Yna cydiodd yn ei drwyn gan adael parddu mawr arno. Dechreuodd y bobl chwerthin. Cynhyrfodd Thomas yn fawr pan welodd y gynulleidfa mor gellweirus, a cheryddodd hwynt yn llym, a chydiodd yn ei drwyn eilwaith nes ydoedd cyn ddued â'i esgid, a'r bobl yn mynd i chwerthin yn waeth waeth, yn enwedig yr hogiau drwg. O'r diwedd ebe Thomas, "Beth sydd arnoch chi, bobl annuwiol; Mae'r fath ymddygiad yn nhŷ Dduw yn warth i grefydd! Os dyma'r fath beth ydi plygain, ddo'i byth i'r un eto tra bydda'i byw," a rhodd ben ar y bregeth mewn natur ddrwg. Ond wedi deall yr achos o'r chwerthin a gweld ei wyneb yn y drych, chwarddodd yntau hefyd

Brodor o'r Bala oedd Thomas Owen ac yr oedd yn fab i Richard Owen, y gŵr a weddïodd am bymtheng mlynedd o estyniad oes i Mr. Charles ac a gafodd ei wrando, ac yn y cyfnod hwnnw y cyfansoddodd Mr. Charles y Geiriadur a fu o fendith amhrisiadwy i Gymru. Yr oedd neilltuolrwydd mawr yn Thomas hefyd fel gweddïwr, ac atebwyd rhai o'i erfyniadau cyhoeddus yn bur amlwg. Un tro yr oedd Thomas Owen yn pregethu yn Adwy'r Clawdd ar adeg o dlodi a chyfyngder mawr. Yr oedd yno gannoedd o bobl allan o waith ac yn dioddef gan eisiau bara. Gweddïodd Thomas yn daer a gafaelgar am i'r Arglwydd ddatguddio ryw wythïen werthfawr yn y gymdogaeth a roddai waith i'w greaduriaid anghenus, a dywedai wrth y Brenin Mawr, "Mae gen ti, Arglwydd, ddigon o gyfoeth yn yr hen ddaear yma, bydae ti ddim ond yn cyfeirio llygaid rhwfun at y man lle mae o." Ymhen deuddydd neu dri darganfyddwyd gwythïen o blwm a roddodd waith i'r holl ardal am flynyddoedd.

Yr oedd newyddion yn hir yn cario y dyddiau hynny, ac yr oedd Michael Roberts, Pwllheli, y pregethwr enwog, wedi bod yn *asylum* Caer ers tipyn cyn i Thomas Owen glywed am hynny, a phan glywodd teimlodd i'r byw. Y nos Lun ganlynol, yn y cyfarfod gweddïo, erfyniai Thomas, yn ei ddull ei hun, yn daer a gwresog am adferiad i'r gŵr mawr. Gwaeddai yn uchel a thanbaid, "Arglwydd, cofia am Meic bach annwyl! Cofia dy was Meic," &c. Cyn diwedd yr wythnos yr oedd Michael Roberts yn nhŷ Angel Jones yr Wyddgrug, yn aros am y goach fawr i Ruthun, ac wedi ei adfer yn lled dda. Soniodd Angel wrtho am weddi Thomas Owen, ac erbyn deall, ar yr awr a'r pryd yr oedd Thomas yn gweddïo y cafodd Michael Roberts y gwellhad.

Bu Thomas Owen am ysbaid yn cadw giât dyrpeg yn Ngwernymynydd, ac yr oedd efe ar y pryd yn bur dlawd, ond yr oedd yn ddi-ail am ei ffyddlondeb yn y moddion gras. Sylwodd rhai o'r brodyr fod ei ymddangosiad yn dlodaidd, a'i gotwm yn llwm anwedd ac ordor, a phenderfynodd rhai ohonynt yn eu plith eu hunain ei anrhegu â siwt newydd, a chyfarwyddwyd Angel Jones i'w gwneud. Nos Sadwrn aeth Thomas adref yn bur falch â'i siwt dan ei gesail, a bore Sul gwisgodd hi, a throdd o gwmpas er mwyn i Marged ei simio.

"Neiff hi'r tro, Marged?" ebe fe.

"Rwyt ti'n edrach fel gŵr bonheddig," ebe Marged.

Teimlai Thomas yn falch iawn o'r sylw, a chychwynnodd tua'r capel. Wedi mynd rhyw ugain llath safodd yn sydyn i edrych arno 'i hun, a throdd yn ei ôl.

"Be di'r mater?" gofynnai Marged.

"Wel, i ti, da'i ddim i'r capel yn y dillad newydd yma," ebe Thomas.

"Pam?" ebe Marged.

"Mi ddeuda i ti pam," ebe Thomas, "pan weliff pobol y dillad newydd yma, mi ddeudiff pawb 'y mod i'n dwyn arian y giât."

"Paid â gwirioni," ebe Marged, "on'd ŵyr pobol y capel mai rhôdd ydi'r siwt?"

"Gwyddan," ebe Thomas, "ond ŵyr pobol y byd mo hynny, wyddost, a mi ddeudan, 'Drychwch arno fo, yr hen grydd, mae'r giât yn talu'n iawn!' Na Marged, wisga i mo'r dillad newydd yma." Dihatrodd Thomas y siwt newydd a neidiodd i'w hen ddillad crestiog, ac aeth ar drot i'r Wyddgrug yn ddengwaith mwy hapus. Efe oedd i bregethu yn yr Wyddgrug y bore hwnnw, a siomwyd y cyfeillion caredig pan welsant ef yn ei hen ddillad, ond esboniodd Thomas iddynt y rheswm am hynny, ac ni allodd neb ei berswadio i wisgo y siwt nes iddo adael y giât a dyfod i fyw i dŷ'r Capel yr Wyddgrug.

Pan oedd Thomas yn cadw giât Gwernymynydd, yr oedd Edward Roberts, un o'r blaenoriaid galluocaf, mae'n debyg, fu erioed yn yr Wyddgrug, yn byw dipyn uwch i fyny nag ef yn yr un ardal. Mae gennyf gof gwan am Edward Roberts, dyn o ran corff a gosgedd tebyg iawn i Doctor Edwards, y Bala, ond ei fod yn fyrrach. Ystyrid Edward Roberts a Jones, Cefn y Gader, tad Glan Alun, fel y ddwy golofn gadarnaf yn eglwys yr Wyddgrug. Gŵr araf, pwyllog, ac athrawus oedd Edward Roberts, Gwernymynydd, a'i farn ymhlith y brodyr yn derfynol ar bob pwnc. Gŵr eiddil, byrbwyll, a sionc fel aderyn to oedd Thomas Owen. Ni fu dau mwy annhebyg yn gwisgo clôs, ac eto yr oeddynt yn gyfeillion mawr. Nid âi Edward byth i oedfa na chyfarfod heb alw yn y giât am Thomas Owen. Un noson seiat bu pwnc o athrawiaeth dan sylw, a gwahaniaethai Thomas ac Edward yn eu barn yn ddirfawr. Cariwyd y ddadl yn mlaen rhwng y ddau ar hyd y ffordd i Wernymynydd, ac yr oedd Thomas wedi poethi ac Edward wedi cidwmu cymaint fel na ddarfu iddynt ddweud nos dawch wrth eu gilydd. Digiai Thomas mewn munud a chymodai mewn munud. Nid yn aml y digiai Edward Roberts, ond pan ddigiai digio a wnâi. Bore Sabboth canlynol, ebe Thomas wrth Marged, "Gad i ni weld neiff yr hen Ned alw yma heddiw. Yr oedd o wedi mynd i'w gŵd yn enbyd nos Iau, ond gad i ni weld ydi o wedi dod ato'i hun. Os passiff o, gad iddo basio—paid â mynd ar yr hector. Dacw fo'n dŵad yn ddigon syth, a'i lond o'r hen Adda, mi gymra fy llw! Paid â mynd i'r golwg, Marged, gad i ni weld be neiff o."

Yr oedd tŷ'r giât yn nghanol twr o dai, ac aeth Edward yn ei flaen drwy y giât heb alw am Thomas. Ond nid oedd efe wedi mynd ddeg llath cyn i Thomas redeg i'r drws a gosod ei ddwylo ar ei geg a gwneud trympet ohonynt, a gwaeddodd nerth esgyrn ei ben,

"Hoi! Hoi! Hoi! Dacw hen flaenor yn mynd i'r capel heb ddweud ei bader!" Cododd yr holl gymdogaeth a throdd Edward Roberts yn ei ôl wedi yswilio hyd ei esgidiau, a bu Thomas ac yntau yn fwy o gyfeillion nag erioed.

Cefais y stori ganlynol am Thomas Owen gan Dr. Roger Hughes, Bala. Ers talwm, gwahoddid ambell bregethwr i roi taith drwy ran o sir er mwyn ei gynorthwyo i dalu y rhent, ac ambell un arall am fod chwant ar y wlad ei glywed. Hwyrach fod pobl Meirion yn cael eu cymell gan fwy nag un rheswm pan roesant wahoddiad i Thomas Owen ddyfod ar daith bregethwrol trwy ran o'r sir. Gŵyr pawb sydd wedi astudio *geography* fod Sir Feirionnydd yn cael ei rhannu gan y Methodistiaid i ddwy ran, sef "y pen yma," a'r "pen acw." Ond er i mi fod yn y ddeuben fwy nag unwaith, ni fedrais erioed wybod pa un oedd "y pen yma," na'r "pen acw," oblegid pan fyddwn yn Harlech siaradai y trigolion am Gorwen fel y "pen acw," a phan fyddwn yn Nghorwen siaradai y bobl am Harlech a'r gymdogaeth fel y "pen acw." Felly ni fedraf benderfynu yn mha ben y bu taith Thomas Owen. Ond y mae'n eithaf hysbys iddo fod yn nghapel Cwmtirmynach, a chafodd yno oedfa hynod o galed, ac nid oedd dim a flinai fwy ar Thomas nag oedfa galed, a lwc iddo nad ydyw yn fyw yn y dyddiau hyn. Ymhen deng mlynedd cafodd Thomas

Owen wahoddiad drachefn i fynd ar daith i'w sir enedigol. Yr oedd yr oedfa gyntaf i fod yn y Bala am ddeg yn y bore, a hysbyswyd ef y cai wybod wedi cyrraedd yno am drefn ei gyhoeddiad. Cafodd fenthyg ceffyl Jones, Cefn-y-gader, i fynd ar y daith, a gobeithiai Thomas ar hyd y ffordd nad oedd Cwmtirmynach ar y *list*. Wedi pregethu yn y Bala, estynnodd un o'r blaenoriaid drefn ei gyhoeddiad iddo, ac er ei ddychryn, yn Nghwmtirmynach yr oedd i bregethu am ddau o'r gloch. Ni ddywedodd Thomas air, ond penderfynodd ynddo'i hun y gyrrai fel Jehu heibio capel Cwmtirmynach, gan nylu am y lle yr oedd i bregethu y nos. Pan o fewn rhyw hanner milltir i'r capel rhoddodd Thomas wynt i'w geffyl er mwyn iddo allu teithio yn gyflymach heibio'r capel. Ond dyna rhyw hen wreigan wrth ei dwyffon yn dod allan o ryw gaban ar fin y ffordd, ac ebe hi,

"Wel, Thomas Owen annwyl, a rydach wedi dŵad! Bendith ar y'ch pen chi! Mae deng mlynedd er pan fuoch chi yma o'r blaen."

"Ah," ebe Thomas ynddo'i hun, "rwyt tithau yn cofio am yr hen oedfa galed honno!"

"Os ces i fy argyhoeddi erioed," ychwanegai yr hen wraig, "dan y bregeth honno y cês i hynny. Yr ydw i'n cofio'ch *text* chi o'r gore, 'Yr hwn nid arbedodd ei briod-fab, ond a'i traddododd ef trosom ni,' &c. Anghofia i byth mo'r oedfa ryfedd honno, Thomas Owen bach."

"Be? be?" ebe Thomas, ac wedi cael ychwaneg o ymgom efo'r hen wraig cafodd ei argyhoeddi ei bod yn dweud y gwir. Nid aeth efe heibio Cwmtirmynach, ond cafodd yno yr oedfa fwyaf llewyrchus yn ei daith. Y fath gysur i bregethwyr yr oedfeuon caled! ebe F'ewyrth Edward.

Y Gweinidog

Yn adnabod James Lewis? Oeddwn debyg, ebe F'ewyrth Edward. A fydda'i byth yn meddwl amdano heb i ryw don o dristwch ddod dros fy ysbryd. Dyn anghyffredin oedd James. Methodistiaid oedd ei rieni, a James oedd eu hunig blentyn. Cadw siop fwyd yr oedd Dafydd Lewis. Nid oedd y siop ond bechan, ac er fod Dafydd yn ddiwyd a pharchus yn mhlith ei gymdogion, mewn trafferth y byddai beunydd i gael y ddeuben ynghyd. Er yn hogyn yr oeddwn yn arfer edrych ar James Lewis fel un oedd yn meddu mwy o dalent na holl fechgyn yr ardal, a'n rhoi ni gyd gyda'n gilydd. Yr oedd o mor *bright*, pan yn fachgen, fel y proffwydai llawer y byddai yn siŵr o ddylu wedi tyfu i fyny. Pan yn bedair oed adroddai adnodau a phenillion nes synnu pawb. Yn ddigon naturiol yr oedd ei dad a'i fam yn meddwl y byd ohono. Clod i galon ei dad, fe r'odd yr ysgol orau fedrai i James, o'r fath ag oedd ysgolion y pryd hwnnw. Clywais fy nhad yn dweud lawer gwaith ei fod yn sicr fod Dafydd yn gwasgu arno ei hun er mwyn rhoi ysgol i Jim bach, fel y galwai ef. A rhyfedd, o drugaredd, fel y mae pethau wedi newid. Welaist di 'rioed fel y byddai pobl, a phobl go dda hefyd, yn beio Dafydd Lewis. Dwedai rhai mai ei falchder oedd y cwbl, dwedai eraill mai arwain ei fachgen i'r crogbren yr oedd wrth roi cymaint o ysgol iddo, a dwedai eraill yn ddigon speitlyd fod yn rhaid fod cadw siop yn talu yn dda. Bychan y gwyddent y bu raid i Dafydd fenthyca arian lawer gwaith gan fy nhad i dalu'r rhent er mwyn cyfarfod â chost ysgol James. Ond dyna oedd y ffaith; a chymaint oedd cenfigen a ffolineb rhai fel nad aent byth i siop Dafydd Lewis i wario ceiniog os gallent beidio. Er cymaint o broffwydo a fu y byddai i James y siop ddylu, parhau i gynyddu a disgleirio yr oedd yr hogyn. Yr oedd yn ddysgwr di-ail; ond ei awyddfryd mawr oedd gallu siarad Saesneg yn dda, ac yr oedd hynny yn 'sgleigdod mawr yr adeg honno. Yn wir, wrth glywed James pan oedd yn ddeg oed yn siarad Saesneg yn llyfn a rhwydd, yr oeddem ni yr hogiau, yn edrych arno fel rhyw ail Ddic Aberdaron. Yr oedd llyfrau yn brinion yn yr ardal, a phan âi James i dai rhai o'r cymdogion a gweld yno lyfr nad oedd wedi ei ddarllen, ni chai ei fenthyg er gofyn—mor genfigenllyd oedd pobl. Parodd hyn i'r bachgen gymryd benthyg y llyfrau heb ofyn, a chafodd y gair o fod yn lleidr llyfrau. Ond i ddiwallu ei enaid y trodd yn lleidr. Wedi i James orffen ei ysgol, aeth i helpio ei dad yn y siop, ond byddai yn darllen mwy nag a fyddai yn helpio, ac ni fyddai yn gwrthod neb o drust, ac felly llanwodd lawer ar lyfr y siop, fe ddwedid. Fel bechgyn talentog yn gyffredin yr oedd yn llawn o ysmaldod a direidi diniwed. Parodd hyn i'r hen flaenoriaid ei wylio yn fanwl a chilwgu arno. Cynhelid y pryd hwnnw yr hyn a elwid yn seiat plant, ac wrth edrych yn ôl ar y cyfarfodydd hynny rhaid i mi ddweud mai prif amcan Pitar Bellis, y gŵr oedd yn gofalu am y seiat, oedd cadw James Lewis i lawr, drwy ei rwystro i adrodd gormod o adnodau neu rannau o'r pregethau—gwasgu James i lawr i lefel y plant eraill, ac nid eu codi nhw i lefel James. Wrth feddwl am eiriau câs Pitar Bellis, mae'n syn gen i feddwl sut yr oedd yr hogyn yn dod yno o gwbl.

"Paid â bod mor dafodog, 'y ngwas i, bydd yn fwy cymedrol wrth adrodd y bregeth, nei di, paid â bod mor barod efo dy ateb, aros nes i mi ofyn i ti," a geiriau cyffelyb oedd yr ymadroddion mwynaf a gâi James, druan. Bu yn hir iawn heb gael ei dderbyn yn gyflawn aelod, tra yr oedd eraill ieuengach a chyn ddyled a phost llidiart wedi eu derbyn ers tro, a'r gwyn fwyaf oedd ganddynt yn erbyn James oedd ei fod yn troi ei wallt oddi ar ei dalcen ac yn rhoi oel ynddo. Yr oedd hynny, ar y pryd, yn fwy trosedd na bod heb fedru'r Hyfforddwr. Gallai James adrodd yr Hyfforddwr ar ei hyd, ac yr oedd yn fachgen *honourable* a charedig, ond ni thalai gan yr hen frodyr—yr oedd ganddo Q.P., ac yn rhy dafodog, fel y dywedai Pitar Bellis. Ac megis o gywilydd, wrth ei weld yn hogyn mor dal, y cafodd ei dderbyn o'r diwedd. Cychwynnodd James gyfarfod i'r bechgyn ifainc, ac er nad oedd dim gwaeth yn mynd yn mlaen ynddo nag areithio, darllen, ac adrodd am y gorau, buan y rhoddodd yr hen flaenoriaid stop arno. Ond, yn ddirgel, cawsom lawer cyfarfod yn *warehouse* Dafydd Lewis, lle cafwyd, nid yn unig ddarllen ac areithio, ond ambell bregeth gan James, weithiau yn Gymraeg, bryd arall yn Saesneg. Yr oeddem yn meddwl yn uwch o'r bregeth Saesneg am nad oeddem yn ei deall. Heb i mi gwmpasu, aeth y stori allan y medrai James bregethu yn ods o dda, ac felly y gallai hefyd. Yr oedd ychydig o aelodau yr eglwys yn credu fod James wedi ei eni i fod yn bregethwr—yr oedd yn ddoniol, yn wybodus ac yn olygus o ran corff, ac yr oedd ei gymeriad yn ddilychwin, a phan oedd oddeutu deunaw oed ceisiodd rhai gael ei achos ymlaen, ac yr oedd yntau yn bur awyddus i hynny. Ond nid oedd siawns cael gan yr hen dadau yn y sêt fawr gydweld—yr oedd eisiau mwy o bwyll. Ac felly y bu James Lewis am oddeutu dwy flynedd—yn cael edrych arno fel un wedi ei fwriadu i bregethu, ond yn methu cael *license*.

Yr adeg honno yr oedd gyda'r Annibynwyr Cymreig weinidog ieuanc—gŵr cymeradwy ac wedi cael gwell addysg na'r cyffredin o bregethwyr. Aeth James ac yntau yn gyfeillion, a chyn pen hir gofynnodd James am ei docyn i fynd at yr Annibynwyr. Agorodd pawb eu llygaid—gwelsant eu camgymeriad, ond yr oedd yn rhy hwyr. Yr wyf yn cofio yn dda fod rhai ohonom ni, ei gymdeithion pennaf, wedi ein gorchfygu yn lân gan ein teimladau wrth feddwl fod ein hen gyfaill doniol a charedig yn ein gadael, ac ni fuom yn brin o ymosod yn ein plith ein hunain ar yr hen frodyr. Ymhen ychydig wythnosau yr oedd James yn pregethu ei hochr hi efo'r Annibynwyr, yn Gymraeg a Saesneg, nid oedd gwahaniaeth ganddo p'run, ac yr oedd sôn amdano hyd y wlad fel un o'r dynion ifanc mwyaf addawol a feddai yr enwad. Aeth hyn yn mlaen yr rhawg pryd y daeth teulu Saesnig o Lundain, oeddynt yn Annibynwyr, i'r gymdogaeth am fis er mwyn eu hiechyd. Clywsant James yn pregethu, ac yr oeddynt wedi dotio ato. Ymhen rhai misoedd wedi i'r teulu ddychwelyd, gwahoddwyd James i Lundain "i sypleio," fel y dwedir. Aeth yntau ac arhosodd yno. Toc ar ôl hyn, clywsom ei fod wedi ei sefydlu yn weinidog ar eglwys flodeuog, ac fod y penodiad yn hapus, ac yntau yn dyfod yn ei flaen yn rhagorol.

Aeth deuddeng mlynedd heibio, ac yn y cyfamser byddem yn clywed yn achlysurol am lwyddiant a phoblogrwydd James. Ond un diwrnod, pwy a welem yn yr hen gymdogaeth, ond James. Yr oedd golwg barchus arno, ond yr oedd rhywbeth tra gwahanol ynddo i'r hyn a fyddai arfer. Yr oedd yn brudd a distaw, ac yr oedd yn amlwg fod rhywbeth anghysurus wedi digwydd iddo, ac oherwydd hynny nid oedd neb yn ei holi. Fe ddaru ni ddeall yn union nad oedd yn bwriadu dychwelyd i Lundain. Yr oedd ei rieni erbyn hyn wedi marw ers peth amser, ond, fel y digwyddodd, yr oedd y siop a fuasent yn ei dal yn wag, a mawr oedd ein syndod pan aeth y gair allan fod James Lewis wedi cymryd hen siop ei dad, yr hon a agorodd ar unwaith. Elai James i gapel yr Annibynwyr ar y Saboth, ond yr oeddem yn deall na fyddai yn aros yn y gyfeillach, neu, fel y byddwn ni yn dweud, y seiat. Ymddangosai ef a'r gweinidog, yr hwn a'i

cododd i bregethu, yn bur gyfeillgar, a chredai llawer na
wyddai neb ond Mr. Price am yr achos i James roi y
weinidogaeth i fyny, ac ail-ddechrau busnes, ond dyfalai
pobl lawer o bethau. Bychan oedd y busnes yn y siop,
ond tybid fod James uwchlaw angen.

Aeth pethau ymlaen fel hyn am hir amser, ac yr
oeddwn innau yn bur gyfeillgar efo James ac yn mynd i'w
siop yrŵan ac yn y man, ond nid oeddwn erioed wedi
gofyn iddo am eglurhad ar ei ymadawiad â Llundain,
oblegid gwyddwn ei fod wedi gwrthod egluro i amryw.
Yr oeddwn yn ei siop un noson pan oedd yr hogyn yn
rhoi y *shutters* i fyny, ac, am y tro cyntaf er pan ddaeth yn
ôl, gwahoddodd fi i'r tŷ. Yr oeddem yn hen ffrindiau, a
"ti" a "tithau" y byddem yn galw ein gilydd. Wedi
ymgomio tipyn am yr hen amser, mentrais ofyn iddo
beth barodd iddo roi y weinidogaeth i fyny. Edrychodd
arnaf fel pe buaswn wedi ei saethu, yna gosododd ei ben
rhwng ei ddwylo ar y bwrdd ac wylodd yn hidl. Gwelais
fy mod wedi ei friwio, ac edifarheais ofyn y cwestiwn.
Wedi iddo adfeddianu ei hun, atebodd fel hyn, hyd y
gallaf gofio:

"Edward, yr wyt ti a minnau yn hen gyfeillion, a mi
wn, ond i mi ofyn i ti, na wnei di ddim ail-adrodd yr hyn
rwyf yn mynd i'w ddweud, tra byddaf fi byw, gwna fel y
mynnot wedyn. Rhag i ti feddwl ei fod yn rhywbeth
gwaeth, dyma yr hanes i ti yn fyr. Gwyddost i mi gael fy
sefydlu ar eglwys led gref yn Llundain. Ar y dechrau yr
oeddwn yn bur bryderus a oedd gen i ddigon o adnoddau
ar gyfer y gwaith. Gweithiais yn galed a diflino yn hwyr
ac yn fore, ac yn y man teimlais fod Duw yn fy mendithio
ac yn arddel fy llafur. Cynyddodd yr eglwys a'r
gwrandawyr yn fawr. Yr oedd yno chwech o
ddiaconiaid—dynion da a grasol, hawdd byw gyda hwy,
ac yr oeddem yn gallu cyd-weithio yn rhagorol. Aeth
pethau yn mlaen fel hyn am flynyddoedd heb un hitch.

Yn perthyn i'm heglwys yr oedd hen ferch—pe buasai yn hen hefyd, nid oedd fawr hŷn na minnau—gyfoethog a dylanwadol. Yr oedd y ferch hon yn bopeth ond prydferth. Ystyrid hi yr un fwyaf crefyddol o bawb ohonom—ni fyddai byth yn colli moddion y Saboth na chanol yr wythnos. Ymwelai yn gyson â'r tlodion, ac yr oedd yn hanner cadw rhai ohonynt. Hi oedd ein Dorcas. Cyfrannai at y weinidogaeth ac at achosion eraill gymaint â dwsin o'r rhai mwyaf haelionus, ac nid oedd terfyn ar ei charedigrwydd i mi, y gweinidog. Heblaw hynny, yr oedd wedi cael addysg dda, ac yn un hynod ddeallgar. Hawdd i ti gredu fod ei dylanwad yn yr eglwys yn fawr. Yn wir, ni fyddem yn dychmygu am gychwyn unrhyw symudiad heb yn gyntaf ymgynghori â Miss Perks—dyna oedd ei henw—oblegid gwyddem y byddai raid i ni gyfrif ar ei phwrs, ac ni fyddai hithau byth yn grwgnach, am ei bod yn sant, fel y credwn, yn gystal a bod yn gyfoethog. Disgwylid i mi, fel gweinidog, ymweld â phob aelod o'r eglwys yn eu tro, ond yn bur naturiol, fel y gellit feddwl, syrthiais i'r arferiad o ymweld â Miss Perks yn llawer amlach nag â neb arall, am y gallwn dreulio awr neu ddwy yn ei chwmni er mantais i mi fy hun. Yn aml iawn byddai ganddi lyfr newydd, ac os byddai wedi ei ddarllen cawn ef yn anrheg ganddi. Yr oeddwn yn ei mawrhau tu hwnt i bawb.

Aeth hyn yn mlaen am un mlynedd ar ddeg, a gwyddai pawb fy mod yn ymweld â hi yn aml, yn amlach nag y dylaswn, hwyrach. Yn y ddeuddegfed flwyddyn o fy ngweinidogaeth dechreuodd Miss Perks fy ffoli am na fuaswn yn priodi; atebes innau nad oedd gennyf amser i feddwl am hynny. Parhaodd i fy ffoli bob tro yr awn yno, nes yr oeddwn wedi diflasu ar ei stori, a dechreuais fynd yno yn anamlach. Un diwrnod gwahoddodd fi yno i de, ac euthum innau, oblegid nid gwiw oedd anufuddhau i Miss Perks. Ar ôl te, dwedodd wrthyf, dan gryn deimlad, ei bod wedi meddwl am danaf yn ŵr, ac nad oedd am gymryd ei gwrthod. Dychrynais, oblegid, er fy mod yn synied yn uchel amdani, y peth olaf yn fy meddwl a fuasai meddwl am ei phriodi. Dwedais wrthi fy mod yn bur ddiolchgar iddi am ei chynnig caredig, ond nad oeddwn wedi meddwl am briodi; ac atebodd hithau fod yn hen bryd i mi feddwl, ac felly y terfynodd y siarad.

Y tro nesaf yr euthum yno daeth a'r peth ymlaen drachefn, a chyfrifodd i mi ei heiddo, a dwedodd y gwnâi y cwbl i mi os priodwn hi; ond troais y stori at rywbeth arall gan geisio chwerthin y peth i ffwrdd, er nad oedd chwerthin ar fy nghalon, ac euthum ymaith yn fuan. Daeth yr un pwnc yn mlaen pan euthum yno wedyn, a dwedais wrthi os soniai am y peth drachefn y byddai raid i mi roi heibio ymweld â hi, ac atebodd hithau y daliai i sôn nes i mi wrando arni. Nid euthum yno mwy. Erbyn hyn yr oeddwn yn druenus, a gwyddwn fod yr helynt yn effeithio ar fy mhregethu—yr oeddwn yn anesmwyth drwof, ac ni fedrwn gael fy myfyrdodau at ei gilydd i baratoi ar gyfer y Saboth—yr oedd Miss Perks yn ei sêt yn y capel o flaen fy meddwl yn barhaus.

Ni wyddwn beth i'w wneud. Dymunwn yn fy nghalon gael galwad i ryw eglwys arall, yr hyn a gawswd fwy nag unwaith pan nad oeddwn yn barod i'w derbyn. Un noswaith synnais weld y chwe' diacon yn y cyfarfod eglwysig—yr oedd hynny yn beth amheuthun, oblegid yr oeddynt yn ddynion prysur, llawn eu trafferth gyda'r byd. Ar ôl y cyfarfod, yn y *vestry-room*, canfyddais ar eu hwynebau fod rhywbeth yn bod, ac heb i mi fanylu i ti, dwedasant fod ganddynt gwyn ddifrifol yn fy erbyn— fod Miss Perks wedi eu hysbysu fy mod ar fwy nag un achlysur wedi ymddwyn yn anweddus ati, a chwbl anheilwng o weinidog yr Efengyl, ac wrth gwrs nad allent amau gair Miss Perks. Yr oeddwn wedi fy syfrdanu, a daeth rhywbeth i fy ngwddf fel nad allwn ddweud gair am amser, a chrynwn fel deilen. Yr oeddwn yn ddig enbyd wrthyf fy hun, oblegid gwyddwn eu bod yn edrych ar yr arwyddion hyn fel prawf o fy euogrwydd. Pan ddeuthum ataf fy hun adroddais yr hyn yr wyf wedi ei adrodd i ti yn barod. Ond gwyddwn nad oeddynt yn fy nghredu, a dwedasant fod yr hyn a adroddwn yn annhebyg i Miss Perks—eu bod yn ei hadwaen ers deng mlynedd ar hugain. Dwedodd y diacon hynaf—y callaf a'r gorau ohonynt—eu bod wedi bod yn cydymgynghori, ac mai'r peth gorau i mi, i'r achos mawr, ac i'r eglwys, oedd i mi reseinio ar un waith; a'u bod wedi dod i'r penderfyniad hwn gyda gofid mawr, ond fod yn rhaid iddynt ystyried teimladau Miss Perks. Wedi llawer o siarad, ac i mi wneud llwon mawr, ysgydwais ddwylo â phob un ohonynt, ac nid oedd wyneb un ohonom yn sych. Prysurais i fy llety fel dyn gwallgof, a deuthum yma yn fy mlaen drannoeth. Gelli ddyfalu cyflwr fy meddwl byth er hynny. Ond yr wyf yn gweddïo ddydd a nos ar Dduw glirio fy ngharitor, a mi gredaf y gwnaiff ryw dro, hwyrach pan fyddaf fi wedi mynd o'r golwg. Nid oes neb yma yn gwybod yr hanes ond Mr. Price, gweinidog yr Annibynwyr, ac y mae ef wedi bod yn crefu arnaf lawer gwaith am gael chwilio i'r achos, ond yr wyf wedi ei atal. Cadw y cwbl i ti dy hun ar hyn o bryd."

Bu James Lewis a minnau yn fwy o gyfeillion nag erioed ar ôl hyn. Ymhen tair blynedd gelwais un diwrnod yn ei siop, a dwedodd ei was fod Mr. Lewis wedi mynd oddi cartref am rai dyddiau. Cyn diwedd yr wythnos honno cefais air ganddo i ddod yno. Yr oedd yn llawen, ond yn hynod gynhyrfus. Estynnodd ysgrif i mi yn adrodd cyfaddefiad gwely angau Miss Perks mai anwiredd noeth a ddwedasai am ei "gweinidog annwyl." Pan aeth y genawes i farw teimlodd wres y tân tragwyddol yn rhy boeth, a chrefodd ar y diaconiaid i anfon am James Lewis. Gwnaeth y cyfaddefiad o flaen

James a phedwar o'r diaconiaid; ac â'i hanadl olaf megis, ceisiodd ganddo gymryd iawn mewn arian am y camwri, ond gwrthododd James hynny gyda dirmyg. Ond dwedodd James wrthyf ei fod wedi maddeu iddi, a gweddïo wrth erchwyn ei gwely am faddeuant Duw iddi. Bu farw Miss Perks drannoeth, a daeth James yn ei ôl gyda charitor a chydwybod lân. Ond effeithiodd yr helynt mor dost arno fel y bu yntau farw toc.

A dyna stori James Lewis i ti, un o'r bechgyn mwyaf talentog a welais erioed, ac mae'r stori cyn wired â'r pader, ebe F'ewyrth Edward.

William y Bugail

Yn cofio hanes William y Bugail? Ydw debyg, fel bydase wedi digwydd ddoe, ebe F'ewyrth Edward. A hanes rhyfedd ydi o hefyd. Un o'r dynion harddaf a welaist erioed oedd William; yr oedd dros ddwy lath o daldra, ac o gyfansoddiad cryf a chadarn. Yr oedd o hefyd yn cael ei gyfrif ymhlith ei gymdogion yn un o'r dynion mwyaf dewr a diofn a ellid ei gyfarfod mewn blwyddyn. A da i William oedd hynny, achos yr oedd ei alwedigaeth yn gofyn iddo weithiau fod hyd y mynyddoedd bob adeg o'r nos, ac ar bob math o dywydd. Bugail mewn gwirionedd oedd William, ac os byddai rhyw anghaffael ar y defaid, ni wnâi gerwindeb y tywydd beri iddo esgeuluso dim arnynt. Peryglodd ei fywyd ddegau o weithiau er mwyn hen ddafad neu oenyn diwerth ynddynt eu hunain. A mi fyddaf yn meddwl fod Duw yn cymryd yn garedig ar ddyn am bethau felly—mae yna rywbeth dwyfol mewn mentro bywyd er mwyn cadw bywyd. Wel, yr oedd William yn caru merch yr Henblas, ac ar fin mynd i'w briodi. A geneth landeg anwêdd oedd Susan yr Henblas, yr wyf yn ei chofio yn dda, ac wedi i William roi ei fryd arni, nid gwiw oedd i neb arall feddwl amdani o ofn William, achos, fel y dwedais, yr oedd William yn ddyn nerthol ryfeddol, er ei fod, am ddim a glywais, yn hollol ddiniwed, ac ni chlywais erioed ei fod yn meddwi nac yn arfer geiriau drwg. Yr oedd o'r pentre, lle yr oedd William yn byw, i'r Henblas dair milltir neu ychwaneg, ac yr oedd y ffordd dros y mynydd. Ond âi William i edrach am Susan ddwywaith neu dair yn yr wythnos, waeth be fyddai y tywydd.

Un noswaith yr oedd oedfa i fod yn y capel ganol yr wythnos, ac agos bob amser pan fyddai rhywbeth yn y

William y Bugail

capel ar noson waith, fe fyddai yn arferiad gynon ni, meibion a gweision ffarmwrs, i fynd at y capel ryw chwarter awr cyn amser y moddion, er mwyn cael ymgom a chlywed y newydd. Yr oedd cryn feio ar yr arferiad, ond yr oedd rhywbeth i'w ddweud drosto—anaml ond ar adegau felly y byddem yn cael cyfleustra i weld ein gilydd, am ein bod yn byw ar gryn wasgar. Wel, fel y dywedais, yr oedd oedfa i fod yn y capel ar nos Fercher, ac yr oedd amryw ohonom fel glaslanciau wedi hel at y capel dipyn cyn yr amser. Yr oedd yn noswaith rewllyd a lled olau, ac wedi i ni fod yn ymgomio tipyn, pwy a welem yn dyfod tuag atom o gyfeiriad y mynydd, ond William y Bugail. Pan ddaeth atom fe ddaru i ni gyd sylwi ei fod yn edrach braidd yn gynhyrfus, a mi ofynnais iddo a oedd rhywbeth wedi digwydd i'r defaid, ac ebe fynte, a dyma ei eiriau i ti bob gair:

"Nag oes, ddim, Edward, ond wyddoch chi be, mi weles beth rhyfedd ofnadwy wrth ddod dros y gefnen ene. Mi wyddoch nad ydw i ddim yn ofnus, ond pan oeddwn i'n dod i lawr yr ochr ene, mi ddois mewn moment i dwllwch fel y fagddu—fedrwn i ddim gweld fy llaw. Ddaru mi ddim dychrynu, a mi es ymlaen trwy y twyllwch a mi ddois i'r goleuni wedyn, a mi sefes i edrach yn ôl, a mi welwn gwmwl du, hir, ac isel, ac yn wastad ar ei dop fel top gwal neu wrych wedi ei dorri yn lefel. Wrth ddal i edrach arno mi welwn, yn y man, dyrfa o bobl fel gorymdaith tu draw i'r cwmwl. Doedd dim ond eu pennau a'u 'sgwyddau yn y golwg i mi, ac er eu bod yn ymddangos yn fy ymyl bron, 'doeddwn i ddim yn nabod un ohonyn nhw. Yr oeddwn yn gweld y bobl yn symud ymlaen a'r cwmwl hefyd, a thoc mi sylwais fod pedwar o ddynion ymhen blaen y cwmwl yn cario arch ar elor, ac yr oedd un dyn tu ôl i'r elor ar gefn ceffyl, a mi adwaenes o ar unwaith—John Roberts y Foty oedd ar gefn ei geffyl du. Mi safes yn edrach nes aeth y cwmwl a'r bobl dros yr afon ar hyd y ffordd i'r Llan, nes i mi golli golwg arnynt."

Yr oedd stori William yn rhyfedd iawn i ni i gyd, ac i neb yn fwy nag iddo ef ei hun, ac yr oeddem yn credu pob gair o'r stori, oblegid dyn perffaith eirwir oedd William y Bugail. Wrth ei weld wedi cynhyrfu cymaint, mi ddwedais wrtho yn ysgafn mai rhagarwydd o'i briodas oedd y weledigaeth, ac aethom i'r capel, a William gyda ni.

Ond y mae y peth rhyfedd yn ôl. Ymhen yr wythnos i'r nos Fercher honno yr oedd wedi bod yn bwrw eira yn lled drwm, ond yn ffyddlon i'w gyhoeddiad aeth William y Bugail dros y mynydd i'r Henblas i edrach am Susan. Ni arhosodd yn hir efo'i gariad, oblegid cofiai am y siwrnai oedd ganddo ar y fath noswaith. Toc wedi iddo adael yr Henblas, dechreuodd fwrw eira yn enbyd, a throdd yntau i dafarn i aros i'r gawod fynd drosodd. Ni chafodd ond un gwydriad—ni byddai byth yn cymryd mwy nag un, oblegid dyn cymedrol a sobr iawn oedd William. Wrth ei gweld yn dal i fwrw, penderfynodd gychwyn gartref—yr oedd yn berffaith gyfarwydd â'r mynydd, ac wedi bod arno ddegau o weithiau ar dywydd gwaeth, meddai. Ond ni chyrhaeddodd William byth ei gartref yn fyw. Cafwyd ef drannoeth wedi marw yn yr eira. Erbyn hyn cofiai yr hogiau stori William wrth giât y capel, a rhyfeddent wrth feddwl am y peth. Ymhen ychydig ddyddiau, yr oeddwn i ac amryw o'r hogiau oedd yn gwrando stori William, yn ei gladdedigaeth, a phrin y medrem anadlu pan welsom nad oedd neb yno ar gefn ei geffyl ond John Roberts y Foty. Torrodd Susan yr Henblas ei chalon toc ar ôl hyn, a bu farw o'r dicâu. Sut y 'sboni di beth fel stori William y Bugail, nid wn i ddim, ond y mae mor wir â 'mod i yn eistedd yn y gader yma, ac y mae amryw yn fyw heddiw sydd yn cofio y peth cystal â minnau, ebe Fewyrth Edward.

Ci Hugh Burgess

Ebe F'ewyrth Edward:

Yr wyf wedi sôn wrthyt o'r blaen am Thomas Burgess, giaffer ffactri gotwm yr Wyddgrug. Yr oedd ei wraig blwc yn iengach nag ef, ac yr oedd ganddynt un plentyn, bachgen oddeutu naw oed. Er mai dyn lled frwnt, fel y dywedais, oedd Burgess, yr oedd yn hoff iawn o'i fachgen, ac yn ei syrffedu 'mron â moethau, ac felly y gwnâi Mrs. Burgess. Yn wir, credai llawer nad oedd gan yr hen Burgess a'i wraig amcan arall mewn bywyd ond dedwyddwch a phleser eu bachgen Hugh. Hoffter mawr Hugh oedd creaduriaid mudion, a thrwy garedigrwydd ei rieni yr oedd ganddo yn tŷ amryw fathau o adar, ac yn y buarth golomennod, gwningod, mul bach, a wn i faint o bethau eraill, a chenfigennai bechgyn yr ardal at luosogrwydd ei dda byw. Elai Hugh i'r British School, yr hon oedd oddeutu milltir o'i gartref, a rhag iddo orfod cerdded ôl a blaen, cymerai ei ginio mewn basged fach ddel gydag ef i'r ysgol.

Gyferbyn â'r *British School*, yn un o'r tai bychain hynny, wyddost, yr oedd dyn o'r enw Martin yn byw, yr hwn a enillai ei fywoliaeth—yn ddigon gonest am wn i—wrth werthu cnau, *oranges*, *india rock*, a phethau felly, a byddai yn ymweld yn gyson â marchnad Rhuthun, Dinbech, a Gwrecsam. Gwyddel oedd Martin, a byddai ganddo fen fach ysgafn ar bedair olwyn, a'i thop yn fflat fel bwrdd, ar yr hon y cariai ei nwyddau i'r marchnadoedd, a'r hon a wasanaethai iddo fel stondin. Dau gi mawr a fyddai yn tynnu y fen fach, ac wrth fynd i lawr y gelltydd neidiai Martin ar dop y fen, a byddai y cwn yn mynd fel mellten. Ond byddai raid i Martin eu helpio i fyny y gelltydd.

Bum yn synnu gannoedd o weithiau at gryfder a gwasanaethgarwch cŵn mawr Martin. Yr oedd ganddo dri ohonynt, ac enw yr hynaf oedd Sam.

Yr oedd Sam wedi gweithio yn ddiwyd ar hyd y ffyrdd celyd am flynyddau lawer, ac wedi mynd yn hen, a mi wyddost mai dengmlwydd yw canrnlwydd ci. Ond yr oedd Sam yn ddeuddeng mlwydd oed, ac un diwrnod cloffodd yn dost, ac ni fedrai mwyach dynnu'r fen. Bu Sam yn *invalid* yn nghut Martin am wythnosau, ac âi Hugh Burgess efo rhan o'i ginio iddo bob dydd y byddai yn yr ysgol, ac yr oedd y ddau wedi mynd yn ffrindiau mawr. Ni choleddai Martin obaith y byddai i Sam wella fel ag i fod yn alluog i ail afael yn ei orchwyl o dynnu'r fen, ac oherwydd hynny ni roddai iddo hanner ddigon o fwyd, ac oni bai am Hugh Burgess credai Sam y buasai wedi llwgu ers talwm. Un canol dydd pan oedd Hugh yn cymryd rhan o'i ginio i Sam, gwelai Martin yn mynd o'i flaen i'r buarth, a gwn dan ei gesail. Rhedodd Hugh a gofynnodd i Martin beth oedd yn mynd i'w wneud.

"Saethu Sam," ebe Martin, "achos fydd o byth da i ddim."

Torrodd Hugh i grio yn enbyd, a chrefodd am gael Sam gydag ef gartref, yr hyn a ganiatawyd ar unwaith, oblegid yr oedd yn dda gan Martin gael yr hen gi oddi ar ei ddwylo. Yr oedd Sam yn ymddangos fel pe buasai yn deall yr ymgom rhwng Hugh a Martin, oblegid pan drodd ei hen feistr ei gefn, gan gymryd y gwn gydag ef i'r tŷ, ysgydwodd Sam ei gynffon, fel pe buasai pwysau mawr wedi mynd oddi ar ei feddwl. Gwelsai Sam ambell gydymaith iddo yn cael ei saethu wedi iddo gloffi a methu tynnu'r fen. Y noson honno cymerodd Hugh Sam gydag ef gartref, a mawr oedd ymdrech yr hen gi ar ei drithroed yn ei ddilyn.

Er mor dyner oedd rhieni Hugh, cafodd y bachgen gerydd llym am ddod a'r fath greadur mawr, palfog, blewog, a newynog yn agos i'r tŷ, a mynnai yr hen Burgess saethu y ci ar unwaith. Ond gwyddai Hugh am wendid ei dad, a dechreuodd wylo yn chwerw dost. Caniatawyd i Hugh droi y mul bach allan, a rhoi ei gut i Sam, ac erbyn hyn, wrth weld y ci yn cerdded ar ei drithroed, ebe'r hen Burgess yn chwareus,

"Mae'n hawdd gwybod fod y creadur druan wedi bod yn byw yn ymyl yr ysgol."

"Sut felly?" ebe Mrs. Burgess.

"Am ei fod wedi dysgu *simple addition—three down, carry one*," ebe Burgess.

Trwy lawer o ofal, caredigrwydd, a digon o ymborth, cryfhaodd Sam yn rhyfeddol, ond ni wellhaodd ei droed byth. Bob nos wedi i Hugh ddod adre o'r ysgol, gwelid Sam yn ei ddilyn yn fusgrell hyd y ffyrdd. Y pryd hwnnw yr oedd ar lyn mawr y ffatri gwch bach hynod o ddel, ond ni chai neb ei gyffwrdd oddigerth perchennog a giaffer y ffactri a'u teuluoedd. Yr oedd Hugh wedi dysgu rhwyfo y cwch yn fedrus dros ben. Un min nos hwyrddydd haf aeth Burgess a'i wraig a Hugh am dro at y llyn, a Sam yn hoblan wrth eu sodlau. Mynnai Hugh ddangos i'w dad a'i fam mor fedrus y gallai drin y cwch. Yr oedd ei fam yn erbyn, am ei bod yn dechrau twyllu.

"Gadewch iddo," ebe Burgess, a gwthiodd Hugh y cwch yn hwylus o'r lan.

Pan oedd yn nghanol y llyn, edrychai yr hen Burgess arno gyda llygaid edmygol, ac ebe fe—

"Bachgen garw fydd hwn os caiff o fyw."

Prin yr oedd y geiriau dros ei wefusau pryd y collodd Hugh ei afael o'r rhwyf, ac y syrthiodd dros ymyl y cwch i'r dwfr dwfn. Gwaeddodd y tad a'r fam mewn gwallgofrwydd, ond nid oedd neb o fewn clyw i roi cynorthwy iddynt. Yr un foment neidiodd yr hen gi i'r dwfr, ond yr oedd ei droed anafus yn ei rwystro i nofio ond yn anhwylus iawn. Daeth pen Hugh i'r golwg, ac aeth o'r golwg drachefn, ac felly ddwywaith neu dair, tra yr oedd Sam druan yn ymdrechu ei orau i fynd ato. Collasant olwg ar y ci a'r bachgen, a dechreuodd Mrs. Burgess rwygo ei dillad, heb wybod beth oedd yn wneud. Ond yn y funud gwelent ben Sam uwchlaw wyneb y dwfr, ac yr oedd yn cyfeirio at y lan, ac fel pe buasai yn llusgo rhywbeth ar ei ôl, ac yn ymddangos yn union yr un fath â phan fyddai ers talwm yn llusgo'r fen—ei ben i fyny, ac yn ysgwyd ei glustiau i ymlid y pryfaid ymaith. Daeth yn fuan yn ddigon agos at Burgess iddo weld fod ganddo rywbeth rhwng ei ddannedd—siaced Hugh ydoedd, ie, ac yr oedd Hugh yn cael ei lusgo i'r lan gan Sam. Wedi cael y bachgen ar dir sych bu yn hir iawn yn dod ato ei hun; ac yr oedd Sam, pe buasai rhywun yn sylwi arno, wedi ysgwyd y dwfr lawer gwaith oddi ar ei flew hirion, yn gwylio adferiad Hugh lawn mor bryderus â neb. Ond druan o Sam yn ei henaint, yr oedd wedi gwneud mwy na'i allu y noson honno. Ni fedrai gerdded gartref. Cyrchwyd *handcart* o'r ffactri i'w gludo, ond bu Sam farw cyn y bore. Bu agos i Hugh dorri ei galon am y ci, a dywedai y cymdogion na wyddent pa un ai ei lawenydd am arbediad ei fachgen, ai ei ofid am farwolaeth Sam, oedd amlycaf yn yr hen Burgess. Gwnaeth yr amgylchiad hwnnw les mawr i'r giaffer—bu yn fwy tyner byth wrth bawb. Gwnaeth arch o dderw i Sam, a chladdodd ef yn yr ardd, a gosododd garreg ar ei fedd. Wn i ddim ydyw'r garreg yno eto, ebe F'ewyrth Edward.

Cŵn

Noson o'r blaen yr oeddwn yn sôn wrthot am gi Hugh
Burgess. Creaduriaid rhyfedd ydyw cŵn, a ci o ddyn ydyw
hwnnw nad ydyw yn ffond o gi. Marcia di beth ydwyf yn
ddweud wrthot yrŵan—os gweli di ddyn â chas ganddo
at gwn, mi ffeindi nad ydyw'r dyn hwnnw ddim o'r *sort*
orau, a dweud y lleiaf. P'run bynnag am hynny, dyma i ti
stori sydd cyn wired â'r pader. Flynyddau lawer yn ôl, yr
oedd yn byw yn Nyffryn Clwyd, yn agos i Landyrnog, ŵr
a gwraig o'r enw, os ydwyf yn cofio yn dda, Pitar a Marged
Jones. Yr oeddynt yn dal ffarm fechan daclus, ac yn
gwneud yn burion. Yr oedd ganddynt un mab heb duedd
yn y byd ynddo at ffarmio, a gosodwyd ef am dymor
mewn siop yn Rhuthun. Awyddai y bachgen yn barhaus
am fynd i Loegr, ac o'r diwedd, cafodd le yn un o siopau
y bonheddwr haelionus, Mr. Tate, Lerpwl, y *sugar refiner*.
Yr oedd ewyrth, brawd i dad i'r bachgen hwn, yn gapten
llong, ac yn tradio rhwng Lerpwl a'r gwledydd tramor, a
phan fyddai yn dychwelyd o'i siwrneion byddai ganddo yn
gyffredin ryw anrheg i'r hogyn. Un tro wrth ddychwelyd
o'r gwledydd pell, daeth y capten â chwb o *Newfoundland
dog* i'w nai. Nid oedd y ci y pryd hwnnw fawr fwy nag
ysgyfarnog. Yr oedd yr hogyn yn byw allan, fel y dywedir,
hynny ydyw, mewn *lodging*, ac yn meddwl y byd o'r ci bach,
ac yn ei fwydo ac yn ei barchu orau y gallai er mwyn ei
ewyrth, y capten. Ysgrifennodd, wrth gwrs, at ei rieni i
Ddyffryn Clwyd am y rhodd werthfawr a gawsai gan ei
ewyrth. Ychydig oedd cyflog y bachgen, ac yr oedd y ci yn
bwyta pob peth o'i flaen, a thyfodd yn greadur hardd,
mawr, ym mron gymaint â llew. Wedi talu am ei fwyd a'i
lety, yr oedd pob dimai oedd gan y bachgen wedyn yn

mynd am fwyd i'r Newfoundland, ac nid oedd ganddo geiniog i'w rhoi yn y casgliad yn y capel. Yr oedd y ci yn ei fwyta yn fyw, ac eto ni fynasai am y byd ymadael ag ef, am mai rhodd ei ewyrth ydoedd. Ni wyddai pa beth i'w wneud. Ond yn y man, penderfynodd pan gyntaf yr âi gartref, y cymerai y ci gydag ef, ac y gadawai ef yno am na fyddai i'w rieni wybod am ei gadw. Ac felly y gwnaeth. Cafodd yr hogyn ganiatâd i fynd adref ar ddydd Gwener, gyda gorchymyn iddo ddychwelyd ddydd Llun, a chymerodd Lion gydag ef—dyna oedd enw y ci.

Dotiai pawb at y ci, ac yr oedd ei balfau fel palfau llew yn union, a dydd Sadwrn a'r Sul yr oedd cryn edrych ar Lion. Dydd Llun a ddaeth, pryd yr wedd yn rhaid i'r bachgen ddychwelyd gyda'r trên cyntaf, a chlymodd Lion i fyny yn un o'r ystablau. Cyn cychwyn am Lerpwl y bore hwnnw, newidiodd yr hogyn ei drywsers, a gadawodd ei hen drywsers wedi eu lapio yn daclus ar gadair yn yr ystafell y bu yn cysgu ynddi. Rywbryd yn y prynhawn gollyngwyd Lion yn rhydd. Chwiliodd yma ac acw am y bachgen, ond, wrth gwrs, yr oedd ef erbyn hyn yn Lerpwl. Wedi chwilio pob twll a chornel aeth Lion i'r llofft lle y buasai y bachgen yn cysgu, a chymerodd y trywsers a adawyd ar y gader yn ei geg, ac ymaith ag ef er gwaethaf pawb. Cyn y nos, yr oedd Lion wedi cyrraedd y siop lle y gwasanaethai y bachgen, sef yn nhop James Street, Lerpwl, a'r trywsers yn ei geg. Ac yr oedd y ci a'r trywsers yn berffaith sych. Tybid fod Lion wedi gwylio yr adeg yr oedd y pacet yn Birkenhead yn mynd drosodd, a'i fod, yn ddigon digywilydd, wedi croesi yr afon heb yr un tocyn. Pan glywodd Mr. Tate hanes y ci, prynodd ef gan yr hogyn, a bu yn ei feddiant am lawer o flynyddoedd.

Dyma iti stori arall. Yr wyf yn meddwl fy mod wedi dweud wrthot ti o'r blaen fy mod yn gydnabyddus â theulu Mr. Roberts, Queen's Road, Lerpwl. Bu Mr. Roberts farw yn gymharol ieuanc, gan adael gweddw ac amryw blant ar ei ôl, ond mewn sefyllfa led gysurus Yr oedd gan y teulu hwn eto ryw berthynas yn tradio efo'r gwledydd pell, a dygodd yntau gi Newfoundland i un o'r plant. Sultan, os wyf yn cofio, oedd ei enw, ac yr oedd rhywbeth mor fawr a brenhinol yn ngolwg y ci, fel yr oedd yr enw yn eithaf priodol arno. Nid oedd neb wedi gweld dim tuedd at fryntni ynddo, ac os byddai cŵn bach yn cyfarth arno, edrychai gyda diystyrwch boneddigaidd arnynt. Meddyliai y teulu gymaint ohono fel y byddai yn cael gorwedd ar y mat o flaen y tân yn y parlwr gan nad pwy a fyddai yn bresennol. Edrychid ar Sultan gyda pharch gan lawer o bregethwyr arferent fynd i dŷ Mrs. Roberts, ac yr oedd yntau yn adnabod holl weinidogion y Methodistiaid yn Lerpwl, ac yn hynod o gyfeillgar efo Mr. Henry Rees. Pan âi Sultan efo un o'r teulu i lawr y dref, os digwyddent gyfarfod Mr. Rees, rhoddai Sultan ei drwyn oer yn ei law, a dwedai gŵr Duw, "Wel, Sultan, bach, sut yr wyt tithau heddiw? Os bu enaid erioed gan gi yng nghylch abred*, yr ydw i'n meddwl yn siŵr mae gynnot ti bu o;" ac edrychai Sultan gyda'i lygaid mawr yn llygaid disglair y gweinidog, cystal â dweud, "*Thank you*, Mr. Rees."

Ond un o gyfeillion pennaf y teulu caredig yn Queen's Road, oedd Mr. E. P——, un o flaenoriaid y capel yr oeddynt yn aelodau ynddo. Byddai Mr. P—— yn ymweld â hwy ddwy waith neu dair bob wythnos, ac yr oedd Sultan ac yntau yn eithaf ffrindiau. Un noswaith, aeth Mr. P—— yno, ac yr oedd Sultan yn gorwedd yn llabwst mawr ar y mat fel arfer, ac yn hanner cau ei lygaid, ac yr oedd yr holl deulu gartref. Ond yr oedd gan Mr. P—— y noson honno ffon yn ei law, peth na welwyd ganddo erioed o'r blaen gan y teulu a phan oedd, cyn eistedd, yn ysgwyd llaw efo

---

* *Cylch abred.* Hwn oedd cyfnod dyn fel bod byw ar y ddaear, felly yr ystyr mwy neu lai yw "ar y ddaear."

Mrs. Roberts a'r plant, dechreuodd un o'r genethod ysmalio ag ef, gan ddweud ei fod yn mynd yn hen, ac yn gorfod cael ffon. O fregedd*, cododd Mr. P— y ffon uwch ei phen fel pe buasai am ei tharo, pryd y neidiodd Sultan i fyny, ac y rhuthrodd i'w wddf gan ei daflu ar ei gefn ar lawr, ac oni bai i'r holl deulu ymaflyd yn y ci, does dim amheuaeth na fuasai wedi ei dynnu yn llardiau. Yr oedd Sultan wedi meddwl fod Mr. P— am daro y ferch, a neidiodd y foment honno i'w hamddiffyn. Cafwyd trafferth fawr i gael y ci i'r buarth cefn, ac yr oedd Mr. P a'r teulu wedi dychryn yn enbyd. O hynny allan, rhwymwyd Sultan wrth gadwyn yn y buarth cefn, a dyna oedd yn rhyfedd, pryd bynnag y deuai Mr. Pugh i'r tŷ, er ei fod yn dyfod trwy ddrws y ffrynt, gwyddai y ci y foment honno ei fod yno, ac yr oedd yn mynd yn gynddeiriog am gael dod yn rhydd. Parodd hyn i Mr. P— gadw, oddi yno, yn wir, yr oedd ganddo arswyd mynd i'r heol. Yn hytrach na cholli cwmni Mr. P—, saethwyd Sultan, er mor anhawdd oedd gwneud hynny wrth feddwl am ei ffyddlondeb.

Dyma i ti stori arall ryfeddach, ond yn ddigon gwir, achos mi glywais y bobl eu hunain yn adrodd yr hanes, ac yn Lerpwl y bu hyn hefyd. Yr oeddyt yn adnabod Foulkes bach, y teiliwr? Wel i ti, yr oedd chwaer i Foulkes wedi priodi gweithiwr cyffredin yn Lerpwl, ac yr oeddynt yn byw mewn stryt lle yr oedd llawer o dai gweithwyr, a thipyn o ffordd oddi wrth y dociau. Jones oedd enw y dyn. Buont yn byw yn lled gysurus am rai blynyddau, ond heb gynilo dim. Yn y man aeth busnes yn isel, a thaflwyd Jones allan o waith. Bu yn segur am wythnosau, ac yr oedd ef a'r wraig bron â llwgu. Âi Jones allan bob dydd i chwilio am rywbeth i'w wneud, a dychwelai o hyd gyda chylla a phoced wag, oddigerth ambell dro y byddai wedi digwydd

---

* Bregedd. Cellwair, ddigrifwch, heb fod o ddifrif.

taro ar hen gyfaill a chael ychydig geiniogau ganddo. Yr oedd wedi gwneud hyn am gymaint o amser fel yr oedd wedi glan 'laru ar fywyd, a dwedodd wrth y wraig un diwrnod, pan nad oedd ganddynt geiniog yn tŷ, na gwlithyn i'w fwyta, "'Dai ddim allan eto, mi fyddaf farw wrth y pentan."

Crefodd y wraig arno arno i wneud un cais arall, gan ddweud wrtho fel cymhelliad, y gallai daro ar gyfaill, os na chai waith. Wedi llawer o grefu, aeth Jones allan wedyn, am y tro olaf, fel y credai. Aeth drwy un stryt a thrwy yr ail, a phan oedd yn mynd ar hyd y drydedd, sylwodd fod clamp o gi ardderchog yr olwg yn ei ddilyn. Ceisiodd gan y ci fynd yn ôl, ond ni wnâi—dilynai ef i bob man lle yr âi. Toc, cyfarfyddodd rhyw Gymro ef, tebyg i ddyn y môr, yr hwn a edrychodd yn fanwl ar y ci, ac ebe fe,

"Hwdiwch, ffrind, ydi'r ci yna ar werth? A beth ydi'r pris?"

Ni wyddai Jones sut i ateb, rhag ofn mai y gŵr oedd ei pia. Ond wedi ystyried moment, ebe fe, "Wel, y mae'n o anodd 'madel â'r ci, ond yr ydw i'n bur dlawd heddiw."

"Mi rof i chi ddwy bunt amdano heb chwaneg o siarad," ebe'r gŵr.

"O'r gore," ebe Jones.

"Fy enw ydyw Capten Thomas, a dowch â fo i'r llong *Margaret Ann* ymhen yr awr," ebe'r Capten. Ac felly yr aeth Jones rhwng ofn a gobaith, a thalwyd y ddwy bunt iddo.

"Beth ydyw ei enw?" gofynnai y Capten pan oedd Jones yn cychwyn ymaith.

"God-sent," ebe Jones.

"Enw rhyfedd arw ar gi," ebe gŵr y môr.

"Eithaf priodol, serch hynny," ebe Jones. Aeth Jones adref yn llawen, a chyn i'r ddwy bunt ddarfod, yr oedd wedi cael gwaith cyson. Ond dyma y darn rhyfeddaf o'r stori—ymhen oddeutu deng mis, yr oedd Jones, rhwng saith ac wyth o'r gloch y nos, yn cymryd ei de ar ôl dod o'i waith, pryd y clywai ef a'r wraig rywun neu rywbeth yn crafu y drws. Agorodd y wraig y drws, a dyna God-sent i mewn, ac yr oedd ei falchder yn ddi-ben-draw. Wrth gwrs, cafodd groeso mawr gan Jones a digon o fwyd, ond hwn oedd y tro cyntaf i'r wraig weld y ci. Deallodd Jones fod y *Margaret Ann* wedi dyfod i'r porthladd, ac wedi gorffen ei bryd ac ymdwtio, aeth i ymorol am Capten Thomas. Wedi dod o hyd i'r Capten, dwedodd Jones yr holl hanes wrtho, ac yr oedd wedi synnu yn fawr, ac yn falch iawn o gael y ci yn ôl, a rhoddodd sofren drachefn i Jones, a dwedodd, "Nid rhyfedd i chwi alw y ci yn God-sent, ffrind."

Mae y stori yn berffaith wir i ti, er nad wn i ddim sut i'w 'sbonio. Hwyrach i'r ci gamgymryd Jones am ei berchennog. Ond nid ydyw hynny yn debyg. A pha fodd y daeth i'r stryt ac at y tŷ yr oedd Jones yn byw ynddo yr ail dro? Y peth tebycaf gen i ydyw i Dduw roi tro ym 'menydd y ci er mwyn i Jones a'i wraig gael tamaid a'u cadw rhag llwgu.

Tomos Mathias

Erbyn hyn, ebe F'ewyrth Edward, mae yr hen *Waterloo veterans* wedi mynd i gyd, mi debygaf[*]. Yr wyf yn cofio amryw ohonyn nhw'n dda, ac yn eu plith Tomos Mathias. Yr oedd Tomos yn byw mewn tŷ bychan tu ôl i'r Blue Bell, Maesydre, Wyddgrug. Un o'r tai lleiaf a welais yn y mywyd oedd tŷ Tomos, ac fe ddwedid mai rhyw brynhawn ar ôl noswylio y gwnaeth Jac, y saer, sef y perchennog, y tŷ, ac fod Tomos yn derbyn llythyr ynddo bore drannoeth. P'run bynnag am hynny, dyna'r tŷ lleiaf a welais erioed. Mi faset yn medru estyn pob peth oedd yn y gegin heb godi oddi ar dy eistedd, a doedd y siambr ddim ond *just* ffit o le i wely. Yr oedd pobol yn deud, pan fu Tomos yn sâl ryw dro, mai drwy y ffenest y dangosodd o ei dafod i'r doctor, yr hwn oedd isio gwybod stâd ei stumog. Ond wn i ddim oedd hynny'n wir ai peidio. Yn y caban bach yma y bu Tomos a Beti ei wraig yn byw lawer o flynyddoedd. Yr oedd Tomos wedi bod mewn rhai brwydrau, ac yn un ohonynt—wn i ddim ai yn Waterloo y bu hynny—cipiwyd darn o asgwrn ei ben i ffwrdd, tipyn tu ucha'r corun. Ond fe ddaru doctoriaid y fyddin neud job net ryfeddol ar ben yr hen greadur, drwy roi plât arian dros y twll rhag i'w fennydd o fod yn y golwg. Mi welais y plât arian â'm llygaid fy hun ddegau o weithiau. Dwedai Tomos y byddai yn aml heb yr un geiniog, ond na fyddai byth heb arian. Derbyniai chwe' cheiniog y dydd o bensiwn am ymladd dros ei wlad; ond bob chwarter blwyddyn y cai yr arian gan Sergeant-Major Evans. Hen begor rhyfedd oedd y major, ond stori arall ydi honno.

---

[*] Digwyddodd y frwydr yn 1815, wyth deg o flynyddoedd cyn ysgrifennu *Straeon y Pentan*.

Yn gyffredin, yr oedd Tomos cyn llawened â'r gog, a
phob amser mor ddiniwed â'r golomen. Ond yr oedd
ynddo un bai pwysig—yr oedd yn ffond ryfeddol o gwrw,
ac nid oedd Beti yn ddirwestreg. Er mor ddiniwed oedd y
ddau hen ben, yr oeddynt yn baganiaid enbyd, a doedd
ganddynt ymron ddim syniad am grefydd. Âi Tomos i'r
eglwys unwaith bob tri mis—sef y Saboth o flaen y *pension*,
er mwyn i'r Sergeant Major Evans gofio ei fod yn fyw.
Rhoddid *trust* i Tomos hyd i swm neilltuol gan Mali Dafis,
y siop fach, a chan un neu ddwy o dafarnau, i aros
diwrnod y *pension*. Wedi mynd at farc y *trust*, byddai Tomos
a Beti yn dlawd iawn. Ond y peth cyntaf a wnâi yr hen
sowldiwr wedi derbyn ei arian—ac yn hyn yr oedd yn
siampl i lawer yn y dyddiau hyn—oedd mynd o gwmpas i
dalu ei ddyled, ac yna, fel yr oedd gwaetha'r modd, gwariai
ef a Beti y gweddill am gwrw. Ond, fel y dwedais, byddai
yn brinder mawr arnynt am wythnosau cyn diwrnod y
pension, a llawer sgil a wnâi Tomos i gael diferyn. Ar adeg
felly, un tro aeth Tomos at ŵr diarth oedd newydd agor
tafarn yn y gymdogaeth, a gofynnodd:

"Ddyn glân, ga'i beint o gwrw gynoch chi?"

"Cewch, os oes gynoch chi arian," ebe'r tafarnwr.

"Fydda i byth heb arian," ebe Tomos, ac estynnodd y
dyn y ddiod iddo. Wrth ei weld heb neud osgo i dalu, ebe'r
tafarnwr,—

"Lle mae'r pres, ddyn?"

"Does gen i ddim pres, ond y mae gen i arian," ebe
Tomos, a thynnodd ei het a dangosodd iddo y plât arian
ar dop ei ben. Synnodd y tafarnwr yn fawr, ac ni
rwgnachodd am iddo gael ei neud am dro.

Un noson oer yn y gaeaf, yr oedd Tomos a Beti yn
sgrythu o flaen mymryn o dân oedd yn y grât, ac yr oedd yn
glem wyllt arnynt, oblegid nid oedd ond wythnos hyd
ddiwrnod y *pension*, Ochneidiodd Beti yn llwythog, ac ebe hi:

"Wyst di be, Tomos, mi leiciwn bydawn i yn y nefoedd."

"Be ddeudest di?" ebe Tomos.

"Y leiciwn i yn y nghalon bydawn i yn y nefoedd," ebe Beti.

"Ho, felly'n wir," ebe Tomos. "Mi leiciwn inne bydawn i yn y dafarn â pheint o gwrw o 'mlaen."

"Yr hen sgrwb," ebe Beti, "yr wyt ti'n wastad am y lle gore." Mi fedrwn adrodd i ti amryw o bethau cyffelyb am Tomos a Beti Mathias, ebe F'ewyrth Edward, ond dyna ddigon i ddangos i ti mor anwybodus a diniwed oedd yr hen bobol ers talwm, ac mor ddiolchgar y dylech chi, bechgyn yr oes hon, fod am eich manteision addysg a'r Ysgol Sul a'i breintiau.

Ysbryd y *Crown*

Fel y mae'r Nadolig yn agosáu, ebe F'ewyrth Edward, mae'n gwneud i mi feddwl fel y byddai pobol ers talwm yn adrodd hanes ysbrydion wrth y tân ar hirnos gaeaf tua'r adeg hon ar y flwyddyn. Mae addysg a phregethiad yr Efengyl wedi gwneud cyfnewidiad mawr yng Nghymru o fewn fy nghof i, er nad ydw i ddim yn hen iawn. Yr ydw i'n cofio pan oeddwn yn llanc yn Sir Ddinbech, fod pobol yn gyffredinol yn credu mewn ymddangosiad ysbrydion, a mi fedrwn enwi i ti amryw leoedd y byddent yn deud fod rhwbeth yn trwblo yno. Yn wir, yr oedd rhai pobol lled barchus yn credu yn 'u clone fod nhw wedi gweld ysbryd neu rywbeth na fedrent ei esbonio. Ond yr oedd dy daid yn Fethodist selog, fel y gwyddost, ac yn ddig iawn wrth ofergoeledd y cymdogion, ac mi gymerodd lawer o drafferth efo ni i'n dysgu a'n goleuo i beidio rhoi coel ar bob stori wirion am ysbrydion. Erbyn i mi dyfu i fyny yn llanc, yr oeddwn yn meddwl nad oedd gennyf flewyn o ofn hynny o ysbrydion oedd yn y byd. Ond un tro mi ges allan nad oeddwn mor ddewr ag yr oeddwn yn meddwl y 'mod i. Ac fel hyn y bu. Yr oedd 'y nhad a F'ewyrth Pitar yn lled debyg o ran eu hamgylchiadau—yn bobol â chryn dipyn o'u cwmpas, ond yr arian yn gyffredin yn brin. Yr oedd pymtheng milltir rhwng ein tŷ ni a'r Llwybr Main, y ffarm a ddaliai F'ewyrth Pitar. I gyfarfod rhyw amgylchiad, fe fenthyciodd 'y nhad ddeugen punt gan f'ewyrth, ac fe addawodd eu talu yn ôl yn ddi-ffael ar yr ugeinfed o fis Tachwedd, sef y dydd o flaen diwrnod rhent y Llwybr Main. Yr oedd ar f'ewyrth eu heisiau yn bendant i gyfarfod y rhent, ac yr oedd y cigydd a brynai ddefaid 'y nhad wedi addo yn sicr dalu hanner cant o bunnau i ni bythefnos cyn y byddai y deugain punt yn angenrheidiol. Ond er addo, ni ddaeth y cigydd ymlaen yn ôl ei air, a bu raid i 'nhad egluro ei sefyllfa iddo a gwasgu arno, ac addawodd yntau ar ei wir y cai yr arian yn brydlon.

Yr oedd yn aeaf cynnar y flwyddyn honno, a'r eira a'r rhew ar y ddaear ers dyddiau. Yr ugeinfed o Dachwedd a ddaeth, a'r cigydd heb ddangos ei wyneb, ac yr oedd 'y nhad wedi darn wirioni wrth feddwl am yr helynt a achosai i F'ewyrth Pitar. Ond dwedai fy mam y byddai y cigydd yn sicr o ddod, ac am i ni gymryd amynedd. Aeth yn brynhawn a'r cigydd heb ddyfod, a phrotestiai nhad na chai byth ddafad ganddo mwyach. Ond tua thri o'r gloch cyrhaeddodd y cigydd a thalodd yr hanner can punt. Erbyn hyn yr oedd 'y nhad ar y drain wrth feddwl am bryder F'ewyrth Pitar, a chynygiais innau fynd â'r arian i'r Llwybr Main y noson honno. Mynnai 'y nhad i mi fynd ar gefn ceffyl, ond oherwydd fy mod yn awyddus i gael aros am rai dyddiau yn y Llwybr Main, dewisais gerdded yno. Yr oedd wedi dechre tw'llu cyn i mi gychwyn, ac i dorri cwt y ffordd es dros y mynydd. Nid oeddwn wedi gadael cartre hanner awr pryd y dechreuodd fwrw eira yn enbyd. Cerddais a cherddais, ac i dorri'r stori yn fer, collais y ffordd. Yr oedd yr eira, yr hwn oedd yn dod i lawr yn dameidia mawr, wedi gwneud pob man yn ddieithr i mi, a cherddais am oriau heb wybod i ble yr oeddwn yn mynd, ac yr oedd y dieithrwch, y distawrwydd, a'r ffaith fod gen i ddeugain punt yn fy mhoced wedi fy ngwneud reit nerfus. Ond yr oeddwn wedi gofalu rhoi rifolfar llwythog yn mhoced frest y nghôt, rhag lladron. Nis gwn am ba hyd y bum yn cerdded, ond yr oeddwn wedi blino yn enbyd, achos mi wyddost fod cerdded milltir mewn eira yn fwy trafferthus na cherdded tair ar dir sych. Gwyddwn ei bod yn mynd yn hwyr, ac ofnwn y byddai raid i mi orwedd yn yr eira gan mor flinedig oeddwn, pryd y gwelwn olau fel golau canwyll drwy ffenest, a chyfeiriais tuag ato.

Wedi i mi ddyfod at y golau, cefais ei fod yn dod o ffenest tŷ bach tlawd yr olwg. Curais y drws, a daeth gŵr y tŷ, yr hwn oedd ar fin mynd i'w wely i'w agor, a chyfarwyddodd fi i'r ffordd dyrpeg. Wedi cyrraedd y tyrpeg dechreuais gofio y ffordd, er fod yr eira yn rhoi golwg ddieithr ar bobman. Cofiais fod tafarndy yn ymyl o'r enw y *Crown*. Penderfynais nad awn gam pellach na'r dafarn, oblegid yr oedd gennyf eto dair milltir o ffordd i'r Llwybr Main, a minnau wedi blino cymaint fel mai prin y gallwn roi y naill droed heibio'r llall, ac yr oedd yn dal i fwrw eira. Ofnwn fod pobol y *Crown* wedi mynd i'r gwely, a choelia fi, da gan fy nghalon oedd gweld golau yn ffenest y gegin. Yr oeddwn ymron yn rhy flinedig i guro y drws, pryd y daeth gŵr ieuanc i agor, gan fy ngwadd i mewn. Dywedais wrtho am fy sefyllfa, ac y byddai raid i mi gael gwely yno. Aeth i nol ei fam, ac wedi i mi fynd dros yr un stori wrthi hithau, ac i'r ddau siarad yn gyfrinachol, ebe'r fam:

"Mae'n ddrwg gen i, syr, na fedrwn ni roi llety i chi, er mor dost ydi'r nosweth. Does gynon ni ond un ystafell heb fod ar iws; a deud y gwir i chwi, y mae rhwbeth yn trwblo yn honno, fel na fydde fo ddiben yn y byd i chi geisio cysgu ynddi."

"Mi gymeraf fy siawns am hynny," ebe fi.

"Purion," ebe'r wraig, "ond dyna fi wedi deud yn onest wrthoch chi," a ffwrdd a hi i baratoi tamed o swper i mi, ac i ddweud wrth y ferch am wneud y gwely yn barod. Pan oeddwn yn cymryd swper, holais y wraig am yr ysbryd, pryd y cefais y stori yn llawn ganddi. Yn fyr, yr oedd yn rhywbeth tebyg i hyn. Eu heiddo hwy eu hunain oedd y dafarn, ac yr oeddynt wedi cadw stori'r ysbryd oddi wrth bawb, rhag gwneud niwed i'r tŷ, ond yr oeddynt ar frys am gael ei werthu. Nid oedd neb wedi clywed yr ysbryd ond y fam a'r mab, ac nid oeddynt wedi sôn gair wrth y ferch, yr hon oedd yn bur wael ei hiechyd, rhag ei dychryn, a rhoesant siars arnaf finnau i beidio sôn wrthi, ac ebe'r fam:

"Mae y bachgen yma a finnau yn ei glywed bob nos ymron, ac weithiau fwy nag unwaith yr un noswaith, ond diolch i'r Tad, dydw i ddim yn meddwl fod y ferch wedi clywed dim oddi wrtho, ond y mae hi yn cysgu yn y *garret* gefn."

"Beth fyddwch yn ei glywed?" gofynnais innau.

"Wel," ebe hi yn ddistaw, gan edrych tua'r drws rhag ofn i'r ferch glywed, "mi fyddwn yn clywed rhwfun yn agor y drws—'does ene'r un clo arno—ac yn union deg yn ei gau o wedyn. Yn yr ystafell ene bu farw fy ngŵr ryw flwyddyn yn ôl, a mi dendiodd yr eneth yma gymaint arno nes y collodd ei hiechyd, a mae gen i ofn drwy nghalon iddi glywed y peth sy'n trwblo, achos mi fydde'n ddigon am ei bywyd hi, a waeth gen i bydawn i odd'ma yforu, cawn i rwbeth tebyg i bris am y tŷ."

Yn y funud daeth yr eneth i mewn, a gosododd gannwyll ar y bwrdd i mi, a dywedodd fod fy ngwely yn barod, a chanodd nos dawch. Yr oedd golwg wywedig a syn arni, a hawdd oedd gennyf gredu nad oedd yn iach. Euthum i gyd i'n gwelyau. Yr oedd y tair ystafell lle y cysgwn i, y mab, a'r fam ar yr un *landing*, a, chysgai y ferch yn rhywle yn nhop y tŷ. Oherwydd fy mlinder a stori'r ysbryd, ni fedrwn yn fy myw gysgu. Yr oeddwn wedi rhoi fy rifol far ar fwrdd bychan yn fy ymyl. Ymhen rhai oriau, tybiais glywed rhyw sŵn oddi allan i'r ystafell. Goleuais y gannwyll y foment honno, a chydiais yn y rifolfar, oblegid yr oeddwn yn benderfynol os cawn allan mai rhyw ddihiryn oedd yn aflonyddu ar y bobol ddiniwed hyn, y gwnawn ychydig dyllau ynddo. Ond pan, y funud nesaf, yr agorodd y drws, euthum i grynu fel deilen, ac yn fwy felly pan welwn ferch ifanc yn ei dillad nos yn dod yn syth at fy ngwely. Gan edrych yn dyner yn fy llygaid, ebe hi yn ddistaw:

"Ydach chi'n well, 'nhad bach?" yna trodd ar ei sawdl, caeodd y drws ar ei hol, ac ni welais mohoni wedyn tan y bore. Merch y tŷ ydoedd druan, yn codi drwy ei hun. Yr oedd ei phryder a'i gofal am ei thad yn ystod ei afiechyd wedi effeithio ar ei *nerves*, ac er y dydd y claddwyd ef, yr oedd wedi bod yn codi drwy ei hun. am flwyddyn gron heb yn wybod iddi ei hun nag i'w mam a'i brawd. Felly, mi fûm yn foddion i roi ysbryd y *Crown* i lawr, ac yr oedd diolchgarwch y fam a'r brawd i mi yn ddiderfyn. Buom yn gyfeillion byth, ac ar fy nhrafael byddwn yn mynd i'r *Crown* fel petawn yn mynd gartre, ebe F'ewyrth Edward.

Ysbryd y Crown

Tubal Cain Adams

O bob math o greulondeb, mi fyddaf yn meddwl, ebe F'ewyrth Edward, mai creulondeb at greaduriaid mudion ydyw y gwaethaf; am y rheswm na fedr y creaduriaid hynny, druain, ddwyn tystiolaeth yn erbyn eu poenydwyr, ac am eu bod yn fwy analluog i amddiffyn ac i ymgeleddu eu hunain. Pan oeddwn yn hogyn, mi welais lawer o fechgyn creulon, ond neb tebyg i Tubal Cain Adams. Mae o a phawb o'i deulu erbyn hyn wedi marw, onide fuaswn i ddim yn dweud y stori hon wrthyt. Ac wedi i ti ei chlywed, hwyrach y dwedi di ei bod yn debyg iawn i stori hen wrach, ac yn sawru yn gryf o ofergoeledd yr oes o'r blaen. Ond y mae yn ddigon gwir, a chei ddweud beth a fynnot amdani.

Torrwr ceffylau oedd tad Tubal Cain Adams, ac nid oedd yntau yn un o'r rhai mwyaf tirion. Mi welais ambell geffyl yn crynu drwyddo wrth glywed ei lais, ac yn edrych ar ei chwip gyda llygaid a'u llond o arswyd. Nid oeddem ni, yr hogiau, un amser yn hoffi i Tubal ddod i gyd-chware â ni, am y rheswm y byddai agos yn wastad yn gofalu brifo rhai ohonom. Wedi iddo fynafyd[*] un ohonom, dwedai bob amser mai damwain oedd y cwbl; ond gwyddem yn burion ei fod yn ymhyfrydu rhoi poen i rywun. Felly nid oedd Tubal yn cael ei hoffi gan neb, a byddai gan ein rhieni, yn enwedig ein mamau, ryw gŵyn feunyddiol yn ei erbyn. Tubal a'm dysgodd sut i hela adar. Mae yn dda gan 'y nghalon i fod y chware drwg hwnnw wedi ei roi i lawr. Y ffordd y byddem yn gwneud oedd cymryd bawb ei ffon, a mynd un o bobtu'r gwrych, a dechrau ei guro nes y codem aderyn, ac yna hela y creadur bach o'r naill

---

[*] *Fynafyd*. Anafu

ben i'r gwrych i'r llall, os na hedai ar draws y cae, ac os felly, byddem wedi colli yr aderyn hwnnw. Byddai y dryw bach yn fynych yn ein concro yn lân, âi o'r golwg fel pe buasai y ddaear wedi ei lyncu, ac hwyrach, wedi i ni fynd bellter oddi wrtho, clywem ef yn twitian yn ddigon talog Anfynych y gadawai y robin goch y gwrych, ond hedai o'r naill gangen i'r llall, yn ôl a blaen, nes ein blino, neu i ni ei flino ef.

Mi gofiaf byth am y tro olaf y bûm yn hela adar efo Tubal Cain Adams. Ar fore Nadolig rhewllyd yr oedd hynny. Yr oeddem wedi codi robin goch, ac wedi ei redeg yn ôl a blaen yn hir, pryd y safodd robin ar gangen wedi llwyr flino. A mi ddychmygaf y munud yma weld ei frest goch fach brydferth yn codi ac yn gostwng yn gyflym, gan fel yr oedd ei galon yn curo. Cymerodd Tubal afael ynddo, a'r foment honno torrodd *blood vessel* i'r creadur gwirion, a ffrydiai y gwaed drwy ei bîg bach, yna caeodd ei lygaid disglair, plygodd ei ben, a bu farw ar gledr llaw Tubal. Daeth y fath bangfa o euogrwydd drosof nes y methais beidio crïo. Wrth fy ngweld yn crïo, rhoddodd Tubal glewten i mi yn fy nghlust, lluchiodd robin i'r awyr, a thrawodd ef gyda'i ffon pan oedd yn disgyn, nes oedd ei blu yn gawod dros y lle. Effeithiodd yr amgylchiad yn fawr arnaf, a phan ddwedais y stori wrth fy mam, gwnaeth i mi fynd ar fy ngliniau i ofyn maddeuant Duw am y creulondeb, i'r hyn yr oeddwn yn ddigon parod. Ond glynodd y teimlad o euogrwydd ynof amser maith, ac nid ydwyf y funud hon, yn fy henaint, yn hollol rydd oddi wrtho. Mi fedrwn adrodd llawer o greulonderau Tubal Cain Adams i ti, ond un eto yn unig, at yr hyn a ddwedais, y soniaf amdano.

Ymhen blynyddau ar ôl stori y robin goch, crebychai fy nghroen pan glywais, a hynny gan ficar y plwy, fod Tubal wedi tynnu nyth aderyn bronfraith a thri o rai bach ynddo. Cymerodd y nyth a'r adar bach adref, ac aeth yn syth at Robert Lewis, y teiliwr, a dwedodd fod ei fam yn gofyn am fenthyg siswrn bach, siswrn torri tyllau botymau. Wedi cael y siswrn, a phan oedd yr adar bach yn agor eu pigau am fwyd, torrodd Tubal dafodau y tri.

Daeth y creulondeb dychrynllyd i glustiau y ficar, yr hwn a aeth ato ac a roddodd y wers orau iddo a gafodd yn ei fywyd, a dwedodd wrtho y byddai Duw yn sicr o dalu iddo am y fath weithred ysgeler. Dychrynodd Tubal gryn dipyn, a bu yn well bachgen byth. Hynny fu. Pan oedd Tubal oddeutu deunaw mlwydd oed, ar fore Nadolig, clywais ei fod yn sâl iawn. Es i edrych amdano, a chefais ef bron yn rhy lesg i allu siarad. Yr oedd wedi torri *blood vessel*, ac wedi colli llawer o waed. Ebe fe,—

"Edward, wyt ti'n cofio am y robin goch ers talwm?"

"Ydwyf yn burion," ebe finnau.

"Dyma dâl i mi, yntê?" ebe fe, a thorrodd i grïo. Ond gwellhaodd Tubal o'r afiechyd ymhen llawer o fisoedd, ond ni fu byth yn gryf.

Pan oedd Tubal yn chwech ar hugain oed, priododd. Yr oedd o yr adeg honno yn gweithio fel gwas ffarmwr. Ymhen oddeutu blwyddyn ganwyd iddo ferch, a chyn pen pum' mlynedd yr oedd ganddo dair o ferched. Ond hyn oedd yn rhyfedd—a dyma ydyw pwynt y stori—yr oedd y tair hogen yn fudion, ni ddwedodd un ohonynt air erioed. A'r hyn oedd ryfeddach fyth, yr oedd y tair yn clywed yn burion, achos y mae byddardod ymron yn ddieithriad yn blaenori mudandod. Bu y fam farw ar enedigaeth yr olaf o'r genethod, ac effeithiodd cyflwr gresynus ei blant gymaint ar Tubal Cain Adams, fel y gwywodd yntau yn fuan. Cymerwyd yr hogennod i'r tloty, ac yno o un i un buont hwythau feirw. Dyna'r stori i ti, a gwna fel y mynnot â hi, ebe F'ewyrth Edward.

Fy Annwyl Fam fy Hunan

Yr oeddwn un tro wedi anufuddhau i fy mam, a daeth hyn i glustiau F'ewyrth Edward. Ni chymerodd arno ei fod wedi clywed dim amdanaf, ond pan euthum i'w dŷ i wrando arno yn adrodd ei straeon, ebe fe:

Yr ydw i erbyn hyn yn hen, ac er 'y mod i'n gwybod na fydda i ddim yma yn hir, ac y bydd y cyfnewidiad mawr wedi cymryd lle yn bur fuan, dydw i ddim yn sicr 'y mod i'n wir debyg i Iesu Grist mewn dim ond yn fy mharch i fy mam. Un o'r *touches* mwya' ffein yn hanes y Gwaredwr ydyw ei ofal am ei fam, a hynny pan oedd baich byd o bechodau yn pwyso arno. Bydaswn i'n gwybod dim amdano ond y ffaith yna yn unig, mi fuasai gen i feddwl mawr ohono byth. Bydasai raid i mi farnu cymeriad bachgen drwy ofyn dim ond un cwestiwn iddo, y cwestiwn hwnnw fuasai—beth wyt ti'n feddwl o dy fam? Doedd Bob, y tymblwr, ers talwm, ddim yn cael ei ystyried yn hanner call, ond heb law codi pin oddi ar lawr gydag emrynt ei lygad, a champau eraill, fe ddwedai Bob ambell air pur gall. Meddai Bob un diwrnod—"Os colli dy dad mi gei golled fawr, ond os colli di dy fam mi golli'r cwbwl."

Hyd yn nod pan fydd bachgen wedi dirywio yn dost o ran ei gymeriad, os ca'i allan fod o'n meddwl yn uchel am ei fam, mae gen i obaith amdano. A fedri di gân Dafydd Ddu Eryri, *Fy annwyl fam fy hunan*? Na fedri? Wel, mae gen i ofn fod llawer o fechgyn yr oes hon heb wybod am y pethau gorau yn iaith eu mam. Mi genais lawer ar y gân honno ers talwm, a dydw i 'rioed yn cofio ei chanu na lanwai fy llygaid â dagrau, a mi faswn yn ei chanu i ti rŵan daswn i heb golli fy llais. Mae ambell hen gân dda, mi goelia', fel adnodau'r Beibl, wedi cadw llawer bachgen rhag drwg. Wn i ddim lle buaswn i rŵan oni bai am gân Dafydd Ddu Eryri.

Pan oeddwn yn ieuanc, gwnaeth Wil Williams lawer o niwed i mi, a minnau iddo yntau yn ddiau. Yr oedd gennym ran ymhob drwg a direidi, er ein bod ein dau wedi ein dysgu bethau amgenach. Gosododd Wil ei fryd ar fynd yn sowldiwr, a cheisiai ei orau i fy mherswadio innau i 'listio, ac yr oeddwn braidd yn tueddu at hynny. Yr oedd fy nhad dipyn yn sydyn a chrabed ei ddull, a minnau, hwyrach, heb fod yn un o'r rhai mwyaf diwyd efo 'ngwaith, a dwedodd un diwrnod, mewn tipyn o dymer, nad oeddwn yn werth fy halen. Brifodd y gair fi yn fawr, ac atebes,—"Hwyrach hynny, ond yr wyf am listio."

"Eitha gwaith i ti, mi wnei yn burion i dy saethu," ebe 'nhad, a brifodd fwy arnaf. Mi es at Wil y noson honno, a mi ddeudes wrtho yr awn gydag ef i Gaer i listio. Yr oedd Wil yn falch iawn clywed hynny, a phenderfynasom gychwyn bore drannoeth. Wedi i fy nhad fynd i'w wely, dwedais wrth fy mam am fy mwriad. Ni chredai fi nes i mi gymryd fy llw mai dyna oedd fy mwriad. Crefodd arnaf ei gorau glas i roi y meddwl heibio. Ond yr oeddwn yn benderfynol o fynd yn sowldiwr. Codais yn fore drannoeth, ond yr oedd fy mam ar ei thraed o mlaen i, a chrefodd arnaf drachefn a thrachefn dan wylo yn hidl am i mi beidio mynd i ffwrdd. Yr oeddwn wedi c'ledu, ac yn meddwl fy mod wedi colli pob parch i fy rhieni, ac ni chafodd dagrau fy mam ddim dylanwad arnaf. Mi gwelaf hi y funud yma yn edrych ar fy ôl pan oeddwn yn cychwyn i gyfarfod Wil Williams. Wyddwn i fawr am y boen yr oeddwn yn ei achosi iddi. Wedi mynd bron o olwg y tŷ, mi edrychais yn ôl. Yr oedd fy mam o hyd yn y drws, ac yn sychu ei llygaid a'i ffedog. Mi ddechreuais feddwl beth oeddwn yn mynd i'w wneud, a fy mod, hwyrach, yn cymryd yr olwg olaf am byth ar fy hen gartref, a daeth rhyw beth i fy ngwddf, ond yn fy mlaen yr es. Yr oedd yn fore hynod o hyfryd. Yr wyf yn cofio mai y bore hwnnw oedd y tro cyntaf i mi sylwi mor hardd oedd yr hen gymdogaeth, a synnwn am i mi fod am gynifer o flynyddoedd heb weld prydferthwch natur.

Yr ydw i'n meddwl mai y bore hwnnw y cefais fy ail-eni gan natur. Mae y fath beth â hynny'n bod, wyddost, pan y mae bachgen yn canfod am y tro cyntaf mor hardd ydi'r byd yma. Canai yr adar yn braf yn y goedwig gerllaw, a meddyliwn fod y gwartheg, y defaid, a'r ceffylau i gyd yn edrych arnaf am y tro olaf. Nid oeddwn, cyn hynny, wedi sylwi mor brydferth oedd y creaduriaid diniwed. Yr oedd yr aber fain a redai efo gwaelod y werglodd hir yn edrych yn fwy gloyw nag erioed, a phan welais lygoden Ffrengig yn rhedeg o fy ffordd wrth i mi fynd heibio, nid oedd gennyf y mymryn lleiaf o awydd i'w lladd. Pan es drwy lidiart y cae pellaf, gadawais hi yn agored, achos daeth rhywbeth i fy meddwl os ceuwn hi, na ddeuwn byth yn ôl, a dechreuais feddwl am wledydd pell ac am ymladd efo'r Blacs, am galedi, oerni, a newyn. Ond yr oedd fy nhad wedi dweud nad oeddwn yn werth fy halen, ac ymlaen yr euthum yn benderfynol. Yr oedd yn rhaid i mi fynd heibio'r Hafod Lom, a meddyliais am Doli'r Hafod. Yr oeddwn yn hoff iawn o Doli hyd yn oed y pryd hwnnw, ond yr wyf wedi dweud y stori honno i ti o'r blaen. Cyn cyrraedd yr Hafod yr oedd ffordd gul, isel, a dyfrllyd, a gwrych uchel o bob ochr iddi, a phan oeddwn yn mynd ar hyd y ffordd hon mi glywn rywun yn canu. Doli oedd yn canu wrth odro. Wedi dod i'w hymyl, mi eisteddais ar y clawdd i wrando arni. Bydasai hi'n gwybod 'y mod i tu arall i'r gwrych yn gwrando, fasai hi ddim yn canu, mi wn. Yr oedd gan Doli lais swynol dros ben, yn ôl y marn i, a chlywais i erioed mohono mor swynol a'r bore hwnnw. Eisteddais i wrando arni am y tro olaf yn fy mywyd, fel yr oeddwn yn meddwl, a'r pumed pennill yn y gân *Fy annwyl fam fy hunan* oedd y geiriau cyntaf a glywais. Deffrodd rhywbeth yn ngwaelod fy nghalon, a

dychwelais adref, a rydw i'n meddwl fod fy mharch i fy
mam, o'r diwrnod hwnnw allan, wedi mynd yn fwy-fwy tra
bu hi byw. Digiodd Wil Williams yn dost am nad aethwn
i'w gyfarfod, a galwai fi yn llwfrgi digalon, ac aeth ei hun yn
syth i Gaer a listiodd. Wedi hynny, anfonwyd ef i'r India,
ac ni chlywodd neb byth siw na miw amdano. Hwyrach y.
leiciet ti glywed geiriau y gân *Fy annwyl fam fy hunan?*

> Pwy a'm hymddygodd yn ddi-lys
> O dan ei gwregys mwynlan?
> Pwy roes i'm' faeth a lluniaeth llon
> O laeth ei bron bêr anian?
> A phwy a'm cadwodd rhag pob cam?
> Fy annwyl fam fy hunan.
>
> Pwy i'm' a suai uwch fy nghryd
> Pan oeddwn wanllyd faban?
> A phwy fu'n effro lawer gwaith
> Drwy'r hirnos faith anniddan?
> Pwy a'm gwarchodai rhag pob cam?
> Fy annwyl fam fy hunan.
>
> Pwy a'm dilladai er fy llwydd
> Bryd diniweidrwydd oedran?
> Rhag imi fawr beryglu f'oes
> Ysigo einioes egwan?
> A phwy a'm noddai rhag drwg nam?
> Fy annwyl fam fy hunan.
>
> Pwy ond fy mam, dirionaf merch,
> O eithaf traserch gwiwlan
> A wylai drosof—waelaf ddrych
> Pan oeddwn wrthrych truan?
> A pheth ond llaw rhagluniaeth lon
> A ddaliai hon ei hunan?

Pwy a'm cynghorai bob rhyw bryd
Rhag arwain bywyd aflan?
Ond parchu enw Duw trwy ffydd,
A chadw ei ddydd sancteiddlan;
Heb wneuthur unrhyw dwyll na cham
Fy annwyl fam fy hunan.

Er mwyn i'm hawddgar fam, heb groes,
Ddiweddu oes yn ddiddan,
Wrth iddi blygu bob yn bwyth
Dan ddirfawr lwyth o oedran.
Rhag suddo i'r bedd dan ofal bwn
Cymeraf hwn fy hunan.

Oblegid credu rwyf fod Duw
A wêl, a glyw, y cyfan;
Ei lid o entrych wybren fawr
Felltennai i lawr drwy f'anian,
Pe meiddiwn oddef cynnig cam
I'm hannwyl fam fy hunan.[*]

---

[*] Roedd Dafydd Ddu Eryri (David Thomas; 1759-1822) yn fardd ac eisteddfodwr gweithgar. Er bod Owen yn priodoli'r gân iddo, ei chyfieithu gwnaeth Dafydd o hen bennill Saesneg.

Hen Gymeriad

A, mae Ned Sibion wedi marw, ydi o? ebe F'ewyrth Edward. Un o'r creaduriaid rhyfeddaf a welais yn fy mywyd oedd Ned, ac un o'r pethau mwyaf anhawdd dan haul a fyddai desgrifio ei gymeriad yn gywir. Yr oedd yn rhaid gweld, clywed, ac adnabod Ned cyn y gellid ffurfio syniad am ddigrifwch ei gymeriad, ac y mae'r byd yn dlotach o'i golli. Wn i ddim beth ydyw'r achos, ond y mae hen garitors rhyfedd yn mynd yn brinach bob dydd. Mae addysg neu rywbeth, fel y dwedodd Wil Bryan[*] ers llawer dydd, yn ein gwneud ni i gyd yn gyffelyb i *postage stamps*. Llys-enw oedd Ned Sibion; Edward Williams oedd enw y dyn, ac yr wyf yn meddwl mai o blwy Ysgeifiog yr oedd o'n hanu. Yr oedd tipyn o natur llys-enw yn y teulu, a'r "Hen Grothe" y byddent yn galw ei dad—yr wyf yn ei gofio'n burion.

Nid oedd Ned druan, yn ben llathen, ac oherwydd hynny, mae'n debyg, ni chlywais erioed fod gan neb gasgalon iddo. Bu Ned yn briod dair gwaith, ac yr oedd y tair gwraig yn debyg iawn i'w gilydd, ac iddo yntau. Mae brân i frân. Ac fe fu raid i'r tair ymostwng i'r un rheol— sef byw efo fo am fis o dreial cyn iddo eu priodi, er mwyn iddo brofi eu tymer. Un o'r dynion mwyaf di-ddiogi a welais erioed oedd Ned, a roedd o bob amser, p'run bynnag ai hel carpiau y byddai ai rhywbeth arall, fel bydasai yn lladd nadroedd, ac mor brysur â Robin y Busnes. Er ei fod yn hynod o onest, ni fyddai byth yn edrych yn wyneb neb, ac os safai i siarad a rhwfun, byddai ei lygaid yn ysgwta o gwmpas ei draed. Yr oedd

---

[*] Gweler nofelau Owen, *Rhys Lewis* ac *Enoc Huws*.

Ned fel pe buasai wedi ei fwriadu gan Ragluniaeth i ffeindio pethau, ac yn wir, yr oedd pobl yn dweud ei fod wedi ffeindio llawer yn ystod ei oes. Codai Ned efo'r wawr drannoeth ar ôl pob ffair a marchnad, a byddai ei lygaid yn cyniwair yn mhob stryd am rywbeth a allai ei ffeindio. Drwy fisoedd yr haf byddai Ned bob bore Sul wedi llygadu pob twll a chornel yn mhob heol cyn i bobl eraill godi o'u gwelyau, ac, i dawelu ei gydwybod, mae'n debyg, byddai yn canu hymnau ar fore Saboth. Mi clywais o ddegau o weithiau o 'ngwely. Beth bynag a fyddai y geiriau, yr un dôn oedd ganddo yn wastad, a honno, mi gredaf, o'i gyfansoddiad ef ei hun, rhyw fath o chant yn y cywair lleddf—hynod o Gymreig o ran ei sŵn. Ni buasai Ned yn dal at y gwaith o chwilotą fel hyn am oes gyfan, oni bai ei fod yn ffeindio pethau weithiau. Yr wyf yn cofio un tro fod dyn wedi meddwi mor dost ar nos Sadwrn nes y collodd ei *watch*, ac ni wyddai yn y byd mawr yn mha le. Ond cafodd y *watch* gan Ned prynhawn Sul, ac ni roddodd geiniog o wobr i'r creadur gonest. Bu hyn, yr wyf yn meddwl, yn wers i Ned i gadw popeth a ffeindiai o hynny allan.

Ned Sibion

Nid rhyw lawer o syniad oedd gan Ned am bellter. Ar adeg cynhaeaf un tro yr oedd y Proffeswr Edwards yn cerdded i lawr Forgate Street, Caer, a phwy a welai ar yr heol, â sicl dan ei gesail, ond Ned. Aeth ato, ac ebe fe wrtho:

"Wel, Edward, be dach chi'n neud yma?"

"Mynd i lawr i Lunden rydw i, Mr. Edwards, i'r cynhaea'—mae'n nhw'n deud mae lle clyfar anwedd ydi Llunden adeg cynhaea'," ebe Ned.

Hynny fu. Ymhen yr wythnos yr oedd y Proffeswr yn dod i lawr stryt yr Wyddgrug, a phwy a welai ond Ned, ac ebe fe:

"Helo, Edward, roeddwn yn meddwl eich bod yn mynd i Lunden i'r cynhaea'?"

"Wel na, Mr. Edwards," ebe Ned, "des i ddim 'cosach i Lunden na Phargiât[*], welwch chi."

Mi wranta fod dau gant o lathenni rhwng tŷ Ned a'r ffynnon lle y byddai yn cael dŵr; a mi gwelais o un diwrnod yn mynd i'r ffynnon a dau biser mawr ganddo. Wedi eu llenwi â dŵr, cariai un ohonynt encyd o ffordd a gosodai ef i lawr, yna âi i nol y llall a gosodai ef i lawr yn ymyl y cyntaf. Ac felly cariai hwynt nes dod a'r ddau i'r tŷ. Gofynnais iddo pam yr oedd yn gwneud felly. "Safio amser, welwch chi," ebe Ned.

Nid rhyw lawer o syniad oedd ganddo ychwaith am werth arian. Un tro aeth Ned, wedi bo nos, at Thomas Roberts, Tŷ Draw i brynu iâr, ac wedi i Mr. Roberts ddal yr iâr dan yr hofel, aed yn fargeinio rhwng y ddau am y pris.

"Faint ydach chi isio amdani, Mr. Roberts?" ebe Ned.

"Wel," ebe Mr. Roberts, "mi cei di hi am bymtheg."

"Wel, na, na, wir, mi ro i chi ddeunaw, os leiciwch chi," ebe Ned.

"Ond ydw i'n deud y cei di hi am bymtheg," ebe Mr. Roberts.

---

[*] Pargate, yn Swydd Caer.

"Mi ro i chi ddeunaw, a'r un ffyrling chwaneg," ebe Ned.

"Purion," ebe Mr. Roberts, a throdd dair ceiniog yn ôl iddo.

Un adeg yr oedd Ned yn labro i Mr. Joseph Eaton am ddau a grôt yn y dydd; ond collwyd ef ddydd Llun a dydd Mawrth. Pan ddaeth at ei waith fore Mercher, ebe Mr. Eaton wrtho,

"Wel, Edward, lle buoch chi ddoe ac echdoe?"

"Mi es i lawr i'r Fflint i hel cocos, Mr. Eaton," ebe Ned.

"Ddaru chi neud yn o dda?" gofynnai ei feistr.

"Do," ebe Ned, "yn dda anwêdd ac ordar. Mi heliais beth digydwybod ohonyn nhw, a mi es efo nhw i Ruthun ddoe, a mi ges bum rôt amdanyn nhw, welwch chi."

"Wel, heblaw cerdded deng milltir ar hugain, dyma chi wedi colli tri swllt mewn cyflog," ebe Mr. Eaton.

"Waeth i chi befo, mi 'nes yn siampal o dda, Mr. Eaton," ebe Ned.

Byddai Ned yn newid ei feddwl yn sydyn iawn weithiau. Yr wyf yn cofio fy mod un tro eisiau cael symud y domen, ac mi wyddwn y byddai Ned yn gwneud rhyw jobs felly, a phan welais ef, gofynnais iddo ddod i wneud y gwaith.

"Mi ddof acw i'w gweld hi," ebe Ned; a'r prynhawn hwnnw mi gwelwn ef yn simio y domen. Er fod dy fodryb yn adnabod Ned yn dda, nid oedd erioed wedi ei glywed yn siarad, a dwedodd y deuai gyda mi i'r buarth i wrando arno ef a minnau yn gwneud y fargen. Rhoddais siars arni i beidio chwerthin, neu y byddai yn sicr o andwyo y fargen, achos ni fedrai Ned oddef i neb chwerthin am ei ben. Addawodd hithau y byddai reit sad, ac i'r buarth yr euthum. Wedi i Ned simio gryn lawer ar y domen, deuthum i'r fargen fod i mi roddi iddo hanner coron am ei symud, ac yr oedd dy fodryb ymron marw o eisiau chwerthin wrth glywed Ned yn siarad mor fabanaidd.

"Ond cofiwch chi, Edward," ebe fi, "y rhaid i chwi ei symud yn fore ddydd Llun."

"Wel," ebe Ned, "Os bydd hi'n braf ('hwb;' ebe dy fodryb)—ddo i ddim," a ffwrdd a fo, ac ni ddaeth i symud y domen. Yr oedd dy fodryb drwy chwerthin wedi andwyo'r cwbl, a gwneud i Ned newid ei feddwl ar ganol y frawddeg.

Am amser, bu Ned yn byw yn un o'r cabanod sydd dan yr *entry* yn nhop Henffordd, ac ar y pryd ei fusnes pennaf oedd hel carpiau. Ar ryw ddamwain yr oedd wedi cael dau bâr o olwynion bychain ar echeli, ac aeth ati i wneud gwagen fechan i ddal y carpiau. Bu rai diwrnodau yn gwneud y wagen, ac wedi ei gorffen cychwynnodd gyda hi i hel carpiau, ond yr oedd y wagen yn lletach lawer na'r *entry*, ac ni fedrai ei chael drwodd, ac wrth ei weld yn y drafferth, ebe ei gymydog Drury wrtho,—

"Wel, Edward, mae eich gwagen yn rhy lydan."

"Nag ydi," ebe Ned, "yr *entry* sy' rhy gul," ac aeth i'r tŷ mewn tymer ddrwg, a chyrchodd forthwyl a thorrodd y wagen, yr olwynion a'r cwbl yn ulw mân. Wn i ddim sut y mae hi ar Ned erbyn hyn; ond y mae yn o anodd gen i feddwl y bydd y Brenin Mawr yn galed wrtho—yr oedd o mor ddiniwed. Nid oedd y duedd grefyddol yn gref yn Ned; ac eto ni fedrai adael llonydd i grefydd. Anaml yr âi i foddion gras ar y Saboth, ond mwy anaml y byddai yn absennol o bob moddion ar gyfarfod pregethu, gan nad gyda pha enwad y cynhelid y cyfarfod. Ar Sasiwn, Cymanfa neu gyfarfod pregethu, byddai Ned yn amlwg iawn. Ond bûm yn ofni mai dyfod i'r cyfarfodydd y byddai er mwyn dangos ei fotymau, oblegid ar y cyfryw achlysuron byddai y botymau mawr a gloyw a fyddai ar ei gôt a'i wasgod yn tynnu sylw pawb. Ac eto nid fy lle i ydyw barnu amcanion Ned. Hwyrach y tybiai Ned mai trwy ei fotymau y gallai ef orau ogoneddu Duw. A phwy a ŵyr.

Er na wyddai Ned mwy na phost llidiart y gwahaniaeth
rhwng Rhyddfrydwr a Thori, ymorchestai ei fod yn *Liberal*
at y carn, a phan basiwyd y ddeddf i roi fôt i bob tŷ-
ddaliwr, ac iddo ddeall fod ganddo bleidlais, nid oedd trin
arno. Yr wyf yn cofio fel bydasai ddoe y 'lecsiwn gyntaf
wedi i'r ddeddf ddod i weithrediad. Yr oedd Ned yn ei lân
drwsiad cyn saith o'r gloch y bore, a'i fotymau yn disgleirio.
Dwedai wrth bawb a gyfarfyddai, nad oedd am fotio i'r
naill ochr na'r llall. Wedi deall hynny, ymlidiwyd ef gan y
toris mwyaf dylanwadol am oriau bwygilydd, a rhedai Ned
fel ysgyfarnog o'u ffordd, hyd y ffyrdd a'r caeau, nes iddo
flino pawb. Ond oddeutu chwarter awr cyn adeg cau y pôl,
daeth Ned ohono ei hun i ymyl y lle, a gosododd ei gefn
ar y wal i herio pawb. Crefwyd arno gan rai o bobl mwyaf
blaenllaw y ddwy blaid i fotio; ond atebe Ned,

"Bydae'r Apostol Paul ei hun yn gofyn i mi fotio, na i
ddim." Yn y funud daeth y *Liberal Agent* heibio—yr hwn
oedd yn ŵr callach na'r cyffredin—ac wrth weld y dyrfa o
gwmpas Ned yn ceisio ei berswadio i fotio, ebe fe—

"Be haru chi, bobol? Ydach chi'n meddwl na ŵyr
Edward ddim sut ac i bwy i fotio, heb i chi ei ddysgu?
Gadewch lonydd i'r dyn. Fe ŵyr Edward nad oes dim ond
pum' munud nes bydd y pôl yn cau," ac aeth ymaith. Aeth
Ned yn syth i'r pôl a fotiodd dros y Rhyddfrydwr Wedi
iddo ddod allan, gwisgwyd Ned â rubanau melynion, a
chariwyd ef ar ysgwyddau y *Liberals* i fyny ac i lawr y dref
am oriau, ac ni welais yn fy mywyd y fath firi a llawenydd
diniwed mewn lecsiwn, ac yr oedd Ned Sibion yn
ymorfoleddu yn yr anrhydedd a roddid arno. Wel, wel, a
mae Ned druan wedi marw! Wyddost di be, mi fydd yn
chwith arw gen i amdano, ebe F'ewyrth Edward.

Rhy Debyg

Fuost di 'roed yn synnu, ebe F'ewyrth Edward, er cymaint o bobol sydd yn y byd, a bod wynebau pawb ohonom ar yr un ffurf a chynllun, mor anaml y cei di ddau wyneb mor debyg i'w gilydd na fedri di ganfod yn union, wrth graffu arnynt, fod digon o wahaniaeth ynddynt? Bendith fawr ydyw hyn; a mi fyddaf yn gweld cymaint o ddoethineb y Creawdwr mawr ynddo ag mewn dim. Ac un o'r pethau casaf gennyf ar wyneb daear ydyw gweld rhai hynod debyg i'w gilydd, megis efeilliaid, a mae gen i reswm da am hynny. Dyma iti stori smala yn fy hanes i fy hun bron yn rhy smala i'w chredu, ond gelli ei chredu neu beidio.

Pan oeddwn i oddeutu wyth ar hugain oed, yr oedd gen i fusnes i fynd i Groesoswallt. Mi gymere ormod o amser i mi ddeud wrthot ti beth oedd y busnes, ond, yn fyr, yr oedd gen i eisio gweld dyn ar fater pwysig, ac yr oedd yntau wedi addo 'nghyfarfod i yn Nghroesoswallt yn y ffair ceffylau. Oherwydd pellter y ffordd, a rhag i mi ei golli, yr oeddwn wedi gofalu cyrraedd y dre y noson o flaen y ffair. Mi ges lety digon cyfforddus mewn tŷ preifat. Mi wyddwn yn burion ers blynyddau fod rhai o deulu mam yn byw yn agos i Groesoswallt, ond oherwydd rhyw ffrae nid oedd dim cyfathrach wedi bod rhyngom ni â hwy; ac, hyd yr oeddwn yn cofio, nid oeddwn wedi gweld un ohonynt erioed, a nid oeddwn yn bwriadu ymweld â hwynt, nac ymholi dim yn eu cylch.

"Paid â 'myreth dim â nhw; os medran nhw neud hebon ni, mi fedrwn ninnau neud hebddyn nhwythe," ebe mam, pan oeddwn yn cychwyn, ac ni feddyliais mwy amdanynt. Doeddwn 'rioed wedi bod yn Nghroesoswallt o'r blaen, a thrannoeth y bore mi grwydr es gryn dipyn i weld y dre', achos doedd ffair y ceffylau ddim yn dechrau tan ganol dydd. Wrth droi am gornel stryt mi ddois i wyneb clamp o blismon, a mi rythodd arna i fel bydase gen i gyrn ar y mhen. Yr oeddwn yn methu dallt pam yr oedd y dyn yn rhythu arna i felly, achos doedd dim neilltuol yn 'y ngwisg i, oblegid yr oedd agos i bob ffarmwr y pryd hwnnw yn gwisgo brethyn cartre'. Yr oeddwn yn meddwl nad oedd dim neilltuol yno'i i dynnu sylw ond 'y ngwallt—yr hwn, pan oeddwn yn ifanc oedd cyn ddued â'r fran, ac yn grych fel gwlân oen bach. I mi gyfadde fy ngwendid i ti, yr oeddwn yn meddwl cryn dipyn o 'ngwallt, achos doeddwn i 'rioed wedi gweld ei debyg. Hynny fu, ac ni feddyliais mwy am y plismon. Mi grwydres awr arall hyd y dre nes oeddwn wedi blino, a mi drois i dŷ tafarn i orffwys tipyn. Doedd neb yn meddwl dim at hynny yr adeg honno. Mi wranta 'y mod i wedi bod yn y dafarn chwarter awr mewn ystafell ar fy mhen fy hun yn bwrw'r amser heibio, pryd y daeth i mewn dyn tua'r un oed a fi, ac mor debyg i mi nes y dychrynais wrth edrych arno. Yr oedd ei wallt yn ddu a chrych fel fy un innau, a'i wyneb yr un ffunud a fy wyneb innau, ac nid oedd fawr o wahaniaeth yn lliw ei ddillad. Oni bai fy mod yn gwybod fod hynny yn amhosibl, mi faswn yn tyngu mai fi fy hun oedd y dyn. Gwelwn ei fod yntau wedi ei daro gan y tebygrwydd, ond ni ddwedodd air. Cerddodd yn ôl a blaen hyd yr ystafell am funud, yna safodd ac edrychodd drwy y ffenest i'r heol; ac heb alw am ddim i'w yfed llithrodd allan yn ddistaw drwy ddrws oedd yn ymddangos i mi fel y drws cefn i'r tŷ. Ymhen dau funud dyma y plismon a welswn o'r blaen i'r ystafell, ac ebe fe:

"Wel, John Jones, yr ydach chi wedi troi gartref o'r diwedd?"

"Fy enw i ydi Edward Jones, a mae'n debyg eich bod yn fy nghamgymryd am y gŵr sydd newydd fynd allan," ebe fi.

"Thâl stori fel ene ddim i mi, John, yr wyf yn eich nabod yn rhy dda o lawer, a gwell i chi ddod efo fi ar unwaith," ebe'r plismon. Heb fod lawer oddi cartre yr oeddwn yn bur ddiniwed, ac yr oeddwn wedi dychrynu yn enbyd. Protestiais nad y fi oedd John Jones, pwy bynnag oedd hwnnw; a dwedais, yn fyr fy ngwynt, dipyn o fy hanes, a chymerais fy llw nad oeddwn wedi bod yn Nghroesoswallt o'r blaen yn fy mywyd. Ond ni chafodd dim a ddwedais wrth y plismon fwy o argraff arno na pheri iddo wenu yn wawdlyd, ac ebe fe:

"John, waeth i chi roi stop arni yn y fan ene; 'neiff cyboli celwydd les yn y byd i chi. Dowch efo fi yn ddistaw ac yn llonydd."

"Beth ydi'r cyhuddiad yn fy erbyn?" gofynnais innau.

"Does dim isio dweud pader i berson," ebe fynte.

Mi elwais ar wraig y dafarn, gan ddisgwyl rhyw gynorthwy ganddi hi, ond wnaeth honno ddim ond gwneud fy helynt yn fwy. Tyngodd ar ei pheth mawr na fu un dyn yn y tŷ tra y bûm i yno, a galwodd y forwyn a thyngodd honno yr un peth.

"Ydach chi'n gweld, John, na 'neiff palu celwydd les yn y byd i chi?" ebe'r plismon.

"'Hoswch chi," ebe'r wraig, "ai nid John Jones, Tan'rallt, ydio? Wel, ond doeddwn i'n smala na faswn i'n 'nabod y dyn?"

"Yn smala, oeddach debyg," ebe'r plismon.

"Yr ydach chi'n gneud camgymeriad yn siŵr," ebe fi, ac yr oeddwn *just* â chrïo.

"Mi weles Mary ddoe, a roedd hi'n sôn amdanoch chi, John," ebe'r forwyn wrthyf yn ddistaw, a mi faswn yn medru ei tharo.

"Dyma chi, John," ebe'r plismon, "os na ddowch chi efo fi yn ddistaw ac yn llonydd, mi fydd raid i mi'ch handcyffio, ond does gen i ddim isio'ch sposio chi."

"Ie, ewch 'y machen i, heb neud *row*," ebe'r dafarnwraig A mynd a neis i—yn wir, doedd gen i ddim dewis—yr oedd yn rhaid i mi fynd, ond yr oeddwn yn disgwyl y caent ryw olau ar eu camgymeriad. Yr oedd yn ddiwrnod ffair, fel y dwedais, ac yr oedd cannoedd o lygaid yn edrach arna i wrth i mi fynd yn ochr y plismon drwy'r dre, a buasai twr o blant wedi'n canlyn oni bai i'r plismon eu bygwth. Teimlwn 'y ngwyneb yn llosgi fel tân, a chlywn hwn a'r llall yn dweud,

"Be mae hwn ene wedi neud os gwn i?"

"Dim da yn siŵr i chi."

"Piti hefyd, mae golwg barchus arno."

"Dyna y rhai gwaetha yn aml."

Cawn y credyd gan ambell un yr awn heibio iddo fod yn amlwg fy mod yn teimlo fy sefyllfa, ac felly yr oeddwn yn siŵr ddigon. Edrychwn dan 'y nghuwch a welwn i neb yn y ffair oedd yn fy nabod, ond yn ofer, a diau mai hynny barodd i un, tebyg i fugail, ddweud wrth i mi ei basio,

"Ci lladd defaid ydi o'n siŵr i chi."

Wel, cymerwyd fi i'r rowndws, a doedd o ddiben yn y byd i mi brotestio, dweud fy hanes, gofyn am eglurhad, na dim arall; yr unig ateb a gawn oedd y cawn ddweud y cwbl wrth y *magistrate* bore drannoeth. Prynhawn tost oedd hwnnw; mi cofiaf o byth, a chysges i 'run winc ar 'y ngwely pren y noson honno, a meddyliwn weithiau mai breuddwyd oedd y cwbl. Heb i mi gwmpasu, dygwyd fi o flaen fy ngwell—yr unig dro yn 'y mywyd. Nid oedd ond un *magistrate* ar y fainc, gan dybio mae *case* o *remand* a fuasai yn ddiamau, a thybiwn ar ei ôl wg y cawn chware teg ganddo, ac hwyrach iawn am fy ngharcharu ar gam. Ebe fe:

"Wel, John Jones, beth wnaeth i chi adael eich gwraig a'ch plant?"

"Nid John Jones ydi fy enw, syr, a fu gen i 'rioed wraig, heb sôn am blant," ebe fi, a dechreuais ddweud pwy oeddwn ac o ble yr oeddwn yn dyfod, ond stopiwyd fi ar unwaith gan y *magistrate*. Ac ebe fe,

"John, John, yr ydach chi wedi c'ledu mewn drygioni—yr ydym yn eich nabod yn rhy dda," a galwodd ar Mary Jones, a daeth gwraig dlawd yr olwg arni yn mlaen, ac ebe'r *magistrate*,

"Mary Jones, ai y dyn yna ydi'ch gŵr chi?"

"Ie, syr," ebe'r wraig, "ond y mae o wedi altro yn arw, a mae'n dda iawn gen i weld o. Fu o 'rioed yn gâs wrtho i, a wn i ddim beth 'naeth iddo 'ngadel i a'r plant rŵan ers pedair blynedd. Gybeithio, Mr. Preis, na fyddwch chi ddim yn frwnt wrtho, achos yr ydw i'n siŵr y daw o adre at ei deulu rŵan, oni ddowch chi, John bach?" A thorrodd y wraig i grïo.

Erbyn hyn yr oeddwn yn credu yn sicr fy mod wedi fy witchio neu fy rhoi yn ffynnon Elian. Ebe'r *magistrate*,

"Wel, John, mi ddylwn eich rhoi yn *jail* am dri mis—dyna ddylech chi gael am adael eich teulu. Ond y mae y plwy' wedi cadw digon arnynt, ac os ydach chi'n addo mynd adre', ac edrach ar ôl eich gwraig a'ch plant, mi gewch fynd yn rhydd am y tro hwn. Os na wnewch addo gneud hynny, rhaid i mi roi tri mis i chi. Beth ydach chi'n ddeud, John?"

Meddyliais y munud hwnnw y gallwn ddianc wedi cael fy nhraed yn rhyddion, ac ebe fi,—

"Wel, mi wnaf fy ngorau i wneud fel yr ydach chi'n gofyn, syr."

"*Very good*," ebe'r *magistrate*, "ond gofalwch na ddowch chi ddim 'mlaen i eto, neu nid fel hyn y bydd hi arnoch chi. Mae'n biti garw fod crefftwr da fel chi, John—un sydd yn dad i blant, ac yn d'od o deulu parchus—wedi gwneud sôn amdanoch fel hyn. Bydded hyn yn wers am byth i chwi, John. Mi ellwch fynd rŵan."

Yr oeddwn wedi fy syfrdanu. Daeth y wraig ataf i ysgwyd llaw, ac estynnais innau fy llaw iddi yn llipa ddigon.

Yr oedd hi wedi crïo—o lawenydd, mae'n debyg,—nes oedd yn hanner dall. Tra yr oeddwn yn cerdded wrth ei hochr, heb wybod i ble yr oeddwn yn mynd na pheth i neud, edrychai y wraig arnaf bob chwarter munud, fel pe buasai yn amau ei llygaid, a siaradai am gant o bethau na wyddwn ddim amdanynt. Dwedodd fwy nag unwaith fy mod wedi altro yn arw, ond fod yn dda ganddi fy ngweld mor drefnus. Soniai am y plant, a dwedai nad arni hi yr oedd yr holl fai pan euthum i ffwrdd, a chraffai i fy wyneb drachefn a thrachefn. Ni ddwedais air wrthi mwy na mudan, ac yr oeddwn yn ofni drysu yn fy synhwyrau. Arweiniodd fi i ryw fuarth lle yr oedd amryw dai, ac yr oedd y cymdogion oll yn sefyll yn y drysau, ac yn gwenu arnaf ac yn fy llongyfarch. Amlwg ydoedd fod i mi groeso i ddod yn ôl. Ar hyd y ffordd torrai y wraig i grïo bob yn ail munud, ac yn wir yr oedd yn arw iawn gen i drosti. Chwaraeai y ddau fachgen gyda phlant eraill yn y buarth, a phan oeddem yn mynd i'r tŷ, galwodd Mary Jones arnynt i ddod i weld eu tad. Daeth y plant i mewn, ond ni chymerais sylw ohonynt—yr oedd yn gâs gen i gweld nhw, druain. Parodd hyn i Mary grïo drachefn, a dwedodd:

"Pam na ddeudwch chi rwbeth wrth y plant, John, os ydach chi yn cau siarad a fi?" Ni ddoi y plant yn agos ataf, drwy drugaredd. Sylwais fod y tŷ, er yn dlawd, yn hynod o lân, ac wedi gorffen crio, ebe Mary,

"Mi ellwch feddwl, John, 'y mod i'n dlawd; oes gynnoch chi bres i mi nôl rhywbeth yn damed i chi?"

Rhoddais iddi ychydig sylltau, ac wedi iddi roi y tegell ar y tân aeth allan, ac yn y funud dychwelodd â llon'd ei ffedog o bethau o'r siop. Wrth ei chwt daeth y dyn a welswn yn y dafarn i mewn. Cofleidiodd a chusanodd y plant, a'r un modd y wraig. Edrychodd Mary fel bydase wedi drysu. Fedra i ddim disgrifio i ti yr olygfa na fy llawenydd. Yr oedd y dyn wedi dod yn ôl at ei deulu, ond pan welodd y plismon yn dod ar ei ôl i'r dafarn dihangodd.

Ar ôl deall fy mod i wedi fy nghymryd yn ei le, a bod y Fainc wedi maddau i mi ar yr amod i mi edrych ar ôl fy nheulu, daeth John yn syth gartre. Yr oedd yn edifar iawn ganddo ei fod wedi gadael ei wraig a'i blant. Cawsom dê yn ddigon cyfforddus efo'n gilydd, ac wedi tipyn o siarad, deallais mai Jac 'y nghefnder ydoedd. Mi ddois adre yn gynt na chynta gallwn i, ac ar hyd y ffordd yr oeddwn yn edrych ar bawb rhag ofn i mi weld rhwfun arall tebyg i mi. Pan ddeudes y stori wrth fy mam, ebe hi,

"Ie, siŵr, dyna nhw, does dim lwc i'w canlyn nhw."

Y Ddau Deulu

Y mae arnaf ofn, ebe F'ewyrth Edward, fod tuedd mewn rhai pobol yn y dyddiau hyn i feddwl nad oes a wnelo Duw ddim ag amgylchiadau tymhorol dyn. Yn wir mi glywais yn ddigon hyf mai hap a damwain a phawb drosto ei hun ydi hi yn y fuchedd hon. Ac mewn ystyr dydy o ddim yn rhyfedd fod rai yn dweud a mynd i gredu felly, achos yr ydym yn gweld mor fynych y mae y dyn drwg anonest yn llwyddo, a'r dyn da a chywir yn aflwyddo. Ond ymhlith y bobol oedd yn cael eu cyfrif yn bobol dda a ddarfu aflwyddo ag y dois i i gysylltiad â hwynt yn ystod fy oes, yr oeddwn, ymron yn ddieithriad yn gallu rhoi fy mys ar y rheswm o'u haflwyddiant. Yr oedd rhyw gancr, nad oedd yng ngolwg pawb, bob amser oedd yn achos o'r cwbwl. Os cei di fyw ddigon o hyd, ac os cymeri di sylw manwl o deuluoedd a phethau, mi gei allan yn y man fod Rhagluniaeth yn dod a phethau i drefn, ac fel pe byddai yn cywiro ei hun yn y diwedd yn gwobrwyo daioni ac yn cosbi drygioni. Dyma i ti stori am ddau deulu yr oeddwn yn eu hadwaen yn dda, ac y mae mor wir â dim a ddwedwyd erioed. Ond aros am funud. Yr wyf wedi clywed dy fod yn printio rhai o'r straeon yr wyf yn eu hadrodd wrthyt, ac oherwydd fod amryw o'r ddau deulu yn fyw heddiw mi rof enwau eraill arnynt.

Yn Nyffryn Maelor, flynyddau lawer yn ôl, yr oedd amaethwr ieuanc newydd briodi ac yn dal un o'r ffermydd gorau yn y wlad. Mi galwaf o yn Mr. Jones, y Wern. Dydw i ddim yn gwybod rŵan, os bûm yn gwybod erioed, sut y gallodd o gymryd ffarm mor dda; ond mi wn ei fod yn hollol ddi-ddysg. Yr oedd yn ŵr diwyd a medrus, a'r wraig can fedrused ag yntau, ac yr oedd y byd yn mynd efo nhw a'u llwyddiant yn eglur i bawb. Tra na adawai Mr. a Mrs. Jones i neb fynd tu hwnt iddynt yn y ffair a'r farchnad ac am drin y ffarm a magu anifeiliaid, nid oeddynt yn ôl i neb am eu ffyddlondeb a'u haelioni yn y capel. Gwyddai y cymdogion yn burion fod teulu y Wern, heblaw cynyddu eu stoc yn feunyddiol, yn casglu arian hefyd, ac yr oeddynt yn sefyll yn uchel yn syniad eu meistr tir. Aeth blynyddau heibio a ganwyd iddynt amryw blant. Yr oedd Mr. Jones wedi gorfod teimlo lawer gwaith yr anfantais o fod yn ddi-ddysg, a gofalodd roddi yr addysg orau oedd i'w chael yn y gymdogaeth i'w blant, ac wedi iddynt dyfu i'r oedran cyfaddas, prentisiodd rai o'r bechgyn yn siopwyr. Yr oedd erbyn hyn wedi dyfod yn lled gefnog, pryd, ryw ddiwrnod, y daeth gŵr ifanc, golygus ac wedi cael ysgol dda, i'r gymdogaeth fel llifiwr coed. Mi galwaf o yn Mr. Bellis. Nid oedd Bellis ond crefftwr cyffredin yn gweitho am ddeunaw swllt yr wythnos, ond yr oedd yn ddyn medrus a chraff. Drwy ei fod yn aelod yn yr un capel â Mr. Jones, daeth Bellis a theulu y Wern yn gryn gyfeillion yn fuan. Ymhen yr hir a'r rhawg, perswadiodd Bellis Mr. Jones i ddechrau ar y busnes coed: fod y wybodaeth ganddo ef, Bellis, a'r arian gan Mr. Jones, a thynnodd ddarlun dymunol o'r broffit fawr a ellid wneud yn y busnes. Aeth y ddau yn bartneriaid—un gyda gwybodaeth a'r llall gydag arian. Aeth hyn ymlaen am flynyddau, heb i mi fanylu, y canlyniad fu fod Jones yn mynd dlotach dlotach bob dydd, a Bellis yn gyfoethocach. Yn y bartneriaeth yr oedd pen praffaf y ffon yn llaw y wybodaeth, sef Bellis. Y diwedd fu i'r bartneriaeth gael ei thorri ac i Mr. Jones gael ei hun yn salach allan o rai cannoedd o bunnau na'r amser pryd nad oedd ganddo ond y wraig yn unig yn bartnar. Bu raid i'r bechgyn droi i'r byd i ennill eu bywoliaeth, a gallwn adrodd wrthyt am yr ymdrech galed a fu arnynt; ond yr oedd Duw gyda'r bechgyn. Erbyn hyn yr oedd Bellis yntau wedi priodi, a'r peth cyntaf a wnaeth wedi torri ei gysylltiad â Mr. Jones oedd prynu melin fawr, a daeth yn fuan yn fasnachwr enwog, ac nid yn unig hynny, ond yn ŵr enwog yn yr enwad y perthynai iddo. Casglodd hylldod o arian a magodd blant gan eu gosod mewn sefyllfaoedd parchus. Ond bu Jones a Bellis farw, ac yr oedd arogl esmwyth ar ddydd claddedigaeth un ohonynt, a thipyn o arddangosiad ar ddydd claddedigaeth y llall.

Ond pa le y mae eu hepil erbyn hyn? Er fod epil Bellis ar un adeg yn berwi mewn arian, y maent hwy a'u cyfoeth wedi darfod o'r tir, a rhai ohonynt yn gorwedd ym medd y meddwyn. Ond am linach teulu y Wern—hil hepil, yr oedd Rhagluniaeth yn diferu braster ar eu llwybrau a phopeth a wnelent yn llwyddo. Y mae y rhai sydd ohonynt yn gorffwys oddi wrth eu llafur a'u henwau yn annwyl gan eu cydnabod, ac y mae amryw ohonynt yn fyw, yn ddefnyddiol, ac un neu ddau ohonynt yn llenwi y swyddau uchaf ac yn derbyn yr anrhydedd mwyaf y gall y wlad ei roddi arnynt. Wrth fynd ymlaen mewn bywyd, sylwa fel mae Rhagluniaeth yn gwastadau pethau, ebe F'ewyrth Edward.

Ar gael hefyd o www.melinbapur.cymru:

Ar gael hefyd o www.melinbapur.cymru:

T. Gwynn Jones
Camwri Cwm Eryr

*"Mae Cwm Eryr yn eiddo i chi drwy ewyllys yr hen Sgweiar,"
meddai Lloyd, "a feder neb fynd a'r eiddo oddi arnoch chi,
os nad oes—"
"Os nad oes beth?" ebe Jackson, a'i galon bron â neidio i'w safn.
"Os nad oes rhyw flaw yn 'wyllys yr hen Sgweiar, a dydi hynny
ddim yn debyg."*

Wedi marwolaeth ei dad-yng-nghyfraith, Sgweiar ystâd
helaeth Cwm Eryr, llwyddodd Harold Jackson drefnu i'r
holl etifeddiaeth ddod i'w ddwylo ef ei hun yn hytrach
na'r gwir etifedd, Arthur Wynn. Yn falch, yn ddi-hid ac
yn greulon, mae Jackson yn byw bywyd bras, a'i gyfoeth
enfawr yn ddiogel... ond ydy hi?

Ail nofel T. Gwynn Jones, cyhoeddywd *Camwri Cwm
Eryr* yn ddienw ar dudalennau Papur Pawb rhwng 1898-
99; mae'n ymddangos yma ar ffurf cyfrol am y tro cyntaf
erioed. Dyma hanes camwedd a thwyll, gyda dogn o
sylwebaeth gymdeithasol am anghydraddoldeb, ac yn
Harold Jackson cawn un o gneifion mwyaf dieflig ein
llenyddiaeth.

*"Mae'r ddeialog yn ystwyth a naturiol, a dyna un peth sy'n ei
wneud yn arloeswr ym maes y nofel Gymraeg."*
—Alan Llwyd

www.melinbapur.cymru

Dilynwch ni ar:

X (@melinbapur)
Facebook (@melinbapur

www.ingramcontent.com/pod-product-compliance
Lightning Source LLC
Chambersburg PA
CBHW040541170726
48295CB00012B/548